おもしろい話《はなし》、集《あつ》めました。Ⓔ《エメラルド》

床丸迷人《とこまるまよと》
大空《おおぞら》なつき
深海《ふかみ》ゆずは
田原答《たはらこたえ》
ひのひまり

角川つばさ文庫

目次《もくじ》

四《よ》年《ねん》霊《れい》組《くみ》
こわいもの係《がかり》
約《やく》束《そく》の護《こ》符《ふ》
床丸迷人《とこまるまよと》
絵《え》／浜弓場《はまゆみば》 双《そう》

第1回《だいかい》角川《かどかわ》つばさ文庫《ぶんこ》小説賞《しょうせつしょう》一般部門《いっぱんぶもん》〈大賞《たいしょう》〉受賞《じゅしょう》

四年《よねん》霊組《れいくみ》こわいもの係《がかり》

こわい話《はなし》が嫌《きら》いな子《こ》も読《よ》んでみて！
テッパンおすすめの大人気《だいにんき》シリーズ！

「こわいもの係《がかり》」とは？

あさひ小学校《しょうがっこう》、四年《ねん》一組《くみ》四番《ばん》の女《おんな》の子《こ》が、事件《じけん》を解決《かいけつ》する〈こわいもの係《がかり》〉になるんだって。秘密《ひみつ》のかべを通《とお》りぬけ、〈四年霊組《ねんれいくみ》〉の教室《きょうしつ》に行《い》くと、座敷《ざしき》わらしの花《はな》ちゃんが待《ま》っている。

「護符《ごふ》」とは？

歴代《れきだい》のこわいもの係《がかり》だけが使《つか》える必殺《ひっさつ》アイテム。自分《じぶん》の望《のぞ》むことを念《ねん》じて使《つか》うと、不思議《ふしぎ》な力《ちから》が発動《はつどう》する。

登場人物紹介《とうじょうじんぶつしょうかい》

花《はな》ちゃん

あさひ小《しょう》に住《す》みついた座敷《ざしき》わらし。見《み》た目《め》は「トイレの花子《はなこ》さん」。

恒松《つねまつ》 美涼《みすず》

第《だい》3代《だい》こわいもの係《がかり》。自分《じぶん》にも他人《たにん》にも厳《きび》しい性格《せいかく》。ニックネームは、りんりん。

牧原《まきはら》 美月《みづき》

初代《しょだい》こわいもの係《がかり》。好《す》きな人《ひと》を守《まも》ろうとする勇気《ゆうき》がある。ニックネームは、みぃちゃん。

※美月《みづき》は結婚《けっこん》して河上美月《かわかみみづき》になり、四十四年後《ねんご》にあさひ小校長《しょうこうちょう》に就任《しゅうにん》。
美涼《みすず》も結婚《けっこん》して橋田美涼《はしだみすず》になり、あさひ小学校教頭《しょうがっこうきょうとう》になる。
大人《おとな》になった二人《ふたり》の活躍《かつやく》は、五年霊組《ごねんれいくみ》⑥巻《かん》や⑧巻《かん》などで読《よ》めるよ！

1 地震《じしん》

「だからね。美涼《みすず》ちゃんは、ちょっとキビシすぎって言《い》うか、急《いそ》ぎすぎって言《い》うか……」

「そんなことありません！　あのときは、あれがベストだったと、私《わたし》は思《おも》ってます」

「でもそのせいで、かなり危険《きけん》な目《め》にあったわけだから。もうすこし落《お》ちついて、正確《せいかく》に状況判《じょうきょうはん》断《だん》をしてから動《うご》いても、よかったんじゃないかな？」

「で、でも、結果的《けっかてき》にはうまくいって、事件《じけん》は解決《かいけつ》しました！」

美月先輩《みづきせんぱい》の諭《さと》すような声《こえ》と、ただただヒートアップする私《わたし》の声《こえ》が、あさひ小学校北校舎《しょうがっこうきたこうしゃ》の一階《かい》、四年《ねん》一組《くみ》の教室《きょうしつ》で交錯《こうさく》する。

「あのね、そういう結果論《けっかろん》だけで、物事《ものごと》の善《よ》し悪《あ》しを決《き》めるのが、**『こわいもの係《がかり》』**として、どうなのかなぁ……ってことなんだけどな」

美月先輩《みづきせんぱい》はそう言《い》うと、私《わたし》の顔《かお》をじっと見《み》つめた。

強《つよ》い想《おも》いのこもった視線《しせん》に気圧《けお》されて、「む」と、言葉《ことば》につまる私《わたし》。

「うーん。こういうの、どう言《い》えば伝《つた》わるのかなぁ……」先輩《せんぱい》が、頭《あたま》をかかえて机《つくえ》に突《つ》っぷす。

困《こま》ったことや悩《なや》ましいことがあったときに見《み》せる、先輩《せんぱい》のクセだ。

「ふーみん。みぃちゃんとりんりんが、ケンカしてるよ」

「ふふ、いいのよ、花《はな》ちゃん」

私《わたし》たちからすこし離《はな》れた場所《ばしょ》で、イスに座《すわ》っている文先輩《ふみせんぱい》と、そのひざのうえにちょこんと腰《こし》かけている花《はな》ちゃんが、ヒソヒソと言葉《ことば》を交《か》わしあう。

「あれはケンカじゃないの」

文先輩《ふみせんぱい》が花《はな》ちゃんのツヤのある黒髪《くろかみ》をなでながら、のんびりとした口調《くちょう》で言《い》う。

「ふーん。じゃあなんなの？」花《はな》ちゃんが、澄《す》んだ瞳《ひとみ》をおおきく見開《みひら》く。

「あれはね……」

「そ、それでもっ！」

私《わたし》はふたたび、負《ま》けじと口《くち》を開《ひら》いた。戦闘再開《せんとうさいかい》。

「あの妖怪《ようかい》からは、あきらかにあさひ小《しょう》の子《こ》どもたちに危害《きがい》を加《くわ》えようとする悪意《あくい》を感《かん》じました。だから、迅速《じんそく》かつ徹底的《てっていてき》にやるべきだと判断《はんだん》したんです！」

「美涼《みすず》ちゃんは、悪意悪意《あくいあくい》って決《き》めつけちゃっているけど、あのとき、花《はな》ちゃんの身体《からだ》に異常《いじょう》はなかったでしょ？」
熱《あつ》くなる一方《いっぽう》の私《わたし》とは対照的《たいしょうてき》に、美月先輩《みづきせんぱい》は一貫《いっかん》して冷静《れいせい》そのものだ。

——おかっぱ髪《がみ》、そして白《しろ》いシャツに赤《あか》いスカートの花《はな》ちゃん（正式《せいしき》な名前《なまえ》は『花子《はなこ》』。名《な》づけ親《おや》は美月先輩《みづきせんぱい》）の正体《しょうたい》は『**座敷《ざしき》わらし**』。見《み》た目《め》はちいさな人間《にんげん》の女《おんな》の子《こ》なんだけど、人《じん》家《か》に住《す》みついて、その家《いえ》に幸運《こううん》をもたらすと言《い》われている日本《にほん》の妖怪《ようかい》だ。

花《はな》ちゃんは、私《わたし》たちが通《かよ》う**M県《けん》N市立《しりつ》あさひ小学校《しょうがっこう》**の守《まも》り神《がみ》で、悪《わる》いオバケや幽霊《ゆうれい》を立《た》ち入《い》らせない結界《けっかい》を張《は》っている。そして、悪意《あくい》を持《も》つモノが結界《けっかい》を抜《ぬ》けて侵入《しんにゅう》してくると、花《はな》ちゃんはその霊的《れいてき》エネルギーを使《つか》って、そいつを弱《じゃく》

体化《たいか》させることができるのだ。

けれど、そうすることで同時《どうじ》に、花《はな》ちゃん自身《じしん》の体力精神力《たいりょくせいしんりょく》も激《はげ》しく消耗《しょうもう》することになる。ときには、熱《ねつ》を出《だ》して、倒《たお》れこんだりすることもあるらしく、実際《じっさい》に去年《きょねん》、そういう事件《じけん》があった……と、私《わたし》は文先輩《ふみせんぱい》から聞《き》いていた。

そのときは、文先輩《ふみせんぱい》の活躍《かつやく》で悪意《あくい》のモノを撃退《げきたい》し、あさひ小《しょう》の平穏《へいおん》は守《まも》られ、花《はな》ちゃんも元気《げんき》を取《と》りもどせたということだったけれど……。

美月先輩《みづきせんぱい》はやや上目《うわめ》づかいで、私《わたし》の顔《かお》を見《み》すえながら続《つづ》ける。

「花《はな》ちゃんが元気《げんき》だった……ってコトは、今回《こんかい》の事件《じけん》の妖怪《ようかい》には、強烈《きょうれつ》な悪意《あくい》はなかったたって証《しょう》拠《こ》だよね」

「そ、それは……そう……ですけど……、で、でも、あのまま放置《ほうち》しておけば、もっとおおきな事件《じけん》に発展《はってん》していた可能性《かのうせい》もありますから……」

「だからね、そこを正確《せいかく》に見極《みきわ》める冷静《れいせい》さが大事《だいじ》だって言《い》ってるの。あまり先走《さきばし》ってしまうと、目《め》の前《まえ》の落《お》とし穴《あな》に気《き》づかないこともあるから。事実《じじつ》、この前《まえ》だって思《おも》わぬピンチになって、大《おお》ケガしそうになったところをギリギリ、文《ふみ》ちゃんに助《たす》けてもらったわけでしょ」

「う……、たしかに、そうでしたけど……、でっ、でもあれは……！」

終《お》わりの見《み》えない展開《てんかい》。そのやり取《と》りを見守《みまも》る文先輩《ふみせんぱい》が、「困《こま》ったねー」って感《かん》じの笑《え》みを浮《う》かべて、首《くび》をちいさく傾《かたむ》けた。


——私《わたし》たちが通《かよ》うあさひ小《しょう》は、三年前《ねんまえ》に開校《かいこう》したばかりの新築《しんちく》ほやほや。

その北校舎《きたこうしゃ》の一階《かい》、四年《ねん》一組《くみ》の教室前《きょうしつまえ》の廊下《ろうか》のつきあたりの壁《かべ》をスイッと抜《ぬ》けた先《さき》に、奇妙《きみょう》キテレツ空間《くうかん》である**『四年霊組《ねんれいくみ》』**は存在《そんざい》する。

もちろん、あさひ小《しょう》の子《こ》どもたちみんながみんな、その不思議《ふしぎ》な壁《かべ》をすり抜《ぬ》けて、霊組《れいくみ》の教室《きょうしつ》に行《い》ったり、霊組《れいくみ》にいる花《はな》ちゃんに会《あ》ったりすることなんてできない。それができるのは、あさひ小《しょう》でただ一人《ひとり》、『こわいもの係《がかり》』に任命《にんめい》される**四年《ねん》一組女子《くみじょし》の出席番号《しゅっせきばんごう》四番《ばん》**の子《こ》だけだ。

こわいもの係《がかり》っていうのは、あさひ小学校内《しょうがっこうない》で幽霊《ゆうれい》や妖怪《ようかい》たちが引《ひ》きおこす妖《あや》しい事件《じけん》を、人《ひと》知《し》れず解決《かいけつ》し、子《こ》どもや先生《せんせい》たちの安心安全《あんしんあんぜん》を護《まも》る仕事《しごと》。

そして、今年《ことし》の——第三代目《だいさんだいめ》となるこわいもの係《がかり》こそ、この私《わたし》、恒松美涼《つねまつみすず》なのである。

なお。

今《いま》、私《わたし》とやり合《あ》っているのは、六年生《ねんせい》の牧原美月先輩《まきはらみづきせんぱい》で、初代《しょだい》のこわいもの係《がかり》。

そして、おっとりおだやかなオーラをまとってニコニコしているのが、五年生《ねんせい》の神代文先輩《かみしろふみせんぱい》。二代目《だいめ》こわいもの係《がかり》だ。

私《わたし》は今年《ことし》の四月《がつ》、こわいもの係《がかり》を引《ひ》きうけるにあたり、任務《にんむ》を円滑《えんかつ》に進《すす》めるためには、経験豊《けいけんほう》富《ふ》な二人《ふたり》の先輩《せんぱい》の助言《じょげん》やアドバイスが必要不可欠《ひつようふかけつ》と考《かんが》えて、**『こわいもの係連絡調整会議《がかりれんらくちょうせいかいぎ》』**なるものの開催《かいさい》を提案《ていあん》した。

参加者《さんかしゃ》は、この場《ば》にいる四人《にん》。

放課後《ほうかご》の四年《ねん》一組《くみ》の教室《きょうしつ》で開《ひら》かれる月《つき》一回《かい》の定例会《ていれいかい》のほか、事件《じけん》の発生《はっせい》や展開《てんかい》に応《おう》じて、臨時《りんじ》に開催《かいさい》することもあり、その回数《かいすう》は、はや六回目《かいめ》を数《かぞ》えることとなった。

そして、会議《かいぎ》のたびに、私《わたし》と美月先輩《みづきせんぱい》がこうやって角《つの》を突《つ》き合《あ》わせるのも、もはや日常《にちじょう》の光景《こうけい》となっている。

「すくなくとも最初《さいしょ》は、あの妖怪《ようかい》もそれほどひどいヤツじゃなかったんだから、あそこまでやる必要《ひつよう》はなかったと、わたしは思《おも》うよ」

「そんなことありません。だいたい美月先輩《みづきせんぱい》は甘《あま》すぎます。だって……」と、反論《はんろん》しようとしたのと同時《どうじ》に、

キーンコーンカーンコーン……

教室《きょうしつ》の放送《ほうそう》スピーカーから、チャイムが流《なが》れた。

「あ、いっけない」

美月先輩《みづきせんぱい》が、イスをガタと鳴《な》らして立《た》ちあがる。

「もう四時《じ》か。わたし、行《い》かなくっちゃ」と、赤《あか》いランドセルを両手《りょうて》で抱《だ》きかかえた。

「みぃちゃん、帰《かえ》っちゃうの？」

花《はな》ちゃんの問《と》いかけに、美月先輩《みづきせんぱい》は顔《かお》の前《まえ》に右手《みぎて》を立《た》てて、

「生徒会制度立《せいとかいせいどた》ち上《あ》げのために、教頭先生《きょうとうせんせい》と教務主任《きょうむしゅにん》の磯村先生《いそむらせんせい》との打《う》ち合《あ》わせがあるの。もうかなり大《おお》づめのところまで来《き》てて、今日明日《きょうあす》が、最終《さいしゅう》チェック的《てき》な話《はな》しあいになる予定《よてい》なんだ。だから悪《わる》いけどわたし、ここでドロンさせてもらうね。ごめん」と、謝《あやま》りながら、あわただしい足《あし》どりで教室《きょうしつ》を出《で》ていこうとする。

入《い》り口《ぐち》の引《ひ》き戸《ど》をカラカラッと軽《かる》く開《あ》けはなち、そこで一度《いちど》、足《あし》を止《と》めて振《ふ》りむくと、

「花《はな》ちゃん、またね」と、笑顔《えがお》で手《て》を振《ふ》った。

「うん、みぃちゃん、またきてね」

花《はな》ちゃんが、ちいさな手《て》をおおきく振《ふ》って、お見送《みおく》りする。

「文《ふみ》ちゃん」美月先輩《みづきせんぱい》が、文先輩《ふみせんぱい》にも声《こえ》をかける。

「はぁい」のんびり口調《くちょう》で、文先輩《ふみせんぱい》が応《おう》じる。

「いつもいつもごめんだけど、あとのこと、よろしくね」

「はーい、まかせてくださぁい」と、文先輩《ふみせんぱい》がのんびり言《い》い終《お》えるころにはもう、美月先輩《みづきせんぱい》は風《かぜ》のように去《さ》ってしまっていた。廊下《ろうか》を駆《か》けていく足音《あしおと》が、遠《とお》ざかっていく。

「もう、美月先輩《みづきせんぱい》は、いつもいつも小言《こごと》とダメ出《だ》しばっかりでっ！」

口論相手《こうろんあいて》がふいに目《め》の前《まえ》からいなくなり、熱《あつ》くなった気持《きも》ちをどうすればいいのやら。私《わたし》が憤《ふん》まんやるかたなしという口調《くちょう》でつぶやくと、

「まぁまぁ」と、文先輩《ふみせんぱい》があいもかわらぬニコニコ笑顔《えがお》で歩《あゆ》みよってきた。

「ほら、花《はな》ちゃんを抱《だ》っこして、気持《きも》ちを落《お》ちつけなさいな」

「わぁい、りんりん」

花《はな》ちゃんが私《わたし》の愛称《あいしょう》を口《くち》にしながら、私《わたし》の首《くび》に両手《りょうて》を回《まわ》してくる。そのかわいい両《りょう》うででキュッと抱《だ》きしめられると、不思議《ふしぎ》と心《こころ》がおだやかにやさしくなるのが感《かん》じられる。妖怪《ようかい》『座敷《ざしき》わらし』に備《そな》わった特殊《とくしゅ》な能力《のうりょく》なのだろう。

「美月先輩《みづきせんぱい》も大変《たいへん》よねぇ。生徒会組織《せいとかいそしき》をゼロから立《た》ちあげるなんて、大仕事抱《おおしごとかか》えて。すっごいバ

イタリティー。のんびりノロマなわたしには、絶対《ぜったい》マネできないわぁ」

文先輩《ふみせんぱい》が、やさしく微笑《ほほえ》む。

「それって、美月先輩《みづきせんぱい》の発案《はつあん》なんですよね？」

「そうよ。『よりよいあさひ小学校《しょうがっこう》を作《つく》るためには、生徒《せいと》が自《みずか》ら考《かんが》えて発言《はつげん》し、活動《かつどう》する場《ば》が必要《ひつよう》だ』って。それってきっと、美月先輩《みづきせんぱい》がこわいもの係《がかり》をつとめたからなのかも」

「え？　どういう意味《いみ》ですか？」

「ほら、こわいもの係《がかり》って『明《あか》るく楽《たの》しいあさひ小学校《しょうがっこう》』を守《まも》るために動《うご》くわけでしょ。一年間《ねんかん》そういう想《おも》いでがんばってきたから、六年生《ねんせい》になって『あさひ小《しょう》を、さらによくするために』って考《かんが》えた結果《けっか》が、生徒会組織《せいとかいそしき》を立《た》ちあげるって行動《こうどう》になっているのかなって思《おも》うの」

文先輩《ふみせんぱい》が尊敬《そんけい》のまなざしで、この場《ば》にいない美月先輩《みづきせんぱい》の影《かげ》を追《お》う。

「だから、もし美月先輩《みづきせんぱい》がこのまま初代《しょだい》の生徒会長《せいとかいちょう》になったりしたら、来年《らいねん》はわたしがその役目《やくめ》を継《つ》ぎたいなって、考《かんが》えてるのよ。先輩《せんぱい》から、こわいもの係《がかり》を引《ひ》きついだように、ね」

「え？　文先輩《ふみせんぱい》が生徒会長《せいとかいちょう》？」

「あらら、なぁに、その意外《いがい》そうな顔《かお》は？」

文先輩《ふみせんぱい》が目《め》を細《ほそ》めて、遺憾《いかん》の意《い》の笑《え》みを作《つく》る。

「あ、いえ、その、変《へん》な意味《いみ》じゃなくって、文先輩《ふみせんぱい》って、そういうふうに前《まえ》に出《で》てなにかをするタイプじゃないように思《おも》ってましたから……。ごめんなさい」

「ふふ、いいのよ。だってわたし自身《じしん》も、自分《じぶん》がこんなこと考《かんが》えるなんて、びっくりしてるくらいだもの。でも、やっぱり、らしくないよね。無理《むり》かなー」

「そ、そんなことないです。文先輩《ふみせんぱい》はすっごくやさしくって、周《まわ》りの人《ひと》をよく見《み》てて気《き》にかけていて、自然《しぜん》に手《て》を差《さ》しのべられるような人《ひと》だから。だから、先輩《せんぱい》が生徒会長《せいとかいちょう》になったら、あさひ小《しょう》はもっと良《よ》くなるって思《おも》います」

私《わたし》がまくし立《た》てるように言《い》うと、花《はな》ちゃんが、

「花《はな》ちゃんもそうおもうよ。ふーみん、すっごくやさしいもん」と、合《あ》いの手《て》を入《い》れる。

「ありがと、美涼《みすず》ちゃん、花《はな》ちゃん。よーし、わたしがんばっちゃおーっ！」

文先輩《ふみせんぱい》がスローな動《うご》きでガッツポーズをしてみせる。「あ、でもぉ、そうなったら、三代目《だいめ》の生徒会長《せいとかいちょう》は、美涼《みすず》ちゃんがなるのよ」

先輩《せんぱい》が、さらっととんでもないことを口《くち》にする。

「え、ええっ、そんな、私《わたし》はそんなこと……」

私《わたし》は渋々《しぶしぶ》と顔《かお》をしかめて、首《くび》を横《よこ》に振《ふ》ると、「あ、そうそう」と、話題《わだい》を変《か》えた。「そう言《い》えば

「先輩《せんぱい》、この前《まえ》の事件《じけん》のときはありがとうございました」

ペコリと頭《あたま》をさげると、先輩《せんぱい》は、

「え？　なんのことだっけ？」と、ガッツポーズの姿勢《しせい》のまま、キョトンとした顔《かお》を返《かえ》してきた。

「護符《ごふ》で助《たす》けてもらったことです。あのときはかなり危《あぶ》なかったので、助《たす》かりました」

『護符《ごふ》』というのは、こわいもの係《がかり》のお役目《やくめ》に欠《か》かせない重要《じゅうよう》アイテムだ。

こわいもの係《がかり》の子《こ》の霊感《れいかん》をアップさせると同時《どうじ》に、その思《おも》いのままに、いろいろな用途《ようと》に使《つか》うことができるすぐれもの。こわいもの係《がかり》になると同時《どうじ》に三枚《まい》もらえるのだけれど、私《わたし》はここまでまだ一枚《まい》も使《つか》わずにいた。

「あ、あぁ、そ、そうだったわ……ね」

なぜか、すこし、しどろもどろになる文先輩《ふみせんぱい》。「ま、まぁ、良《よ》かったわぁ。ケガもなくて」

「はい。でも、文先輩《ふみせんぱい》が大切《たいせつ》に残《のこ》していた最後《さいご》の一枚《まい》の護符《ごふ》を使《つか》わせてしまって、ほんとうにすみませんでした」

もう一度《いちど》頭《あたま》をさげると、文先輩《ふみせんぱい》はあわてたように両手《りょうて》をむねの前《まえ》で振《ふ》った。

「い、いいのよ、そんなこと気《き》にしなくってもぉ。後輩《こうはい》を助《たす》けるのは、先輩《せんぱい》のつとめだし。ねっ」

「はい。でも」と、私《わたし》は小首《こくび》をかしげる。

「どうしてあのとき、先輩《せんぱい》は姿《すがた》を見《み》せなかったんですか？　どこからかシュッと護符《ごふ》を投《な》げて、私《わたし》をピンチから救《すく》うと、スッといなくなって。おかげで私《わたし》、一瞬《いっしゅん》なにが起《お》きたのか理解《りかい》できずに、ポカンとしちゃいましたから」

「あ、あぁ、そ、そうね。そのほうが、えっと、かっこいいかなーって思《おも》っちゃって。さっそうと後輩《こうはい》の危機《きき》に駆《か》けつけ、名前《なまえ》も名乗《なの》らず、静《しず》かに立《た》ちさる……ってシチュエーション、なかなかいいでしょ？」と、先輩《せんぱい》がすこし早口《はやくち》でそう言《い》ったとき、

グラッ……

一瞬《いっしゅん》、足《あし》もとがちいさく揺《ゆ》れたように感《かん》じた。

うん？　地震《じしん》？

そう思《おも》って、文先輩《ふみせんぱい》と顔《かお》を見《み》あわせた瞬間《しゅんかん》、ふたたび、

グラグラッ……

今度《こんど》はすこし強《つよ》く二回《かい》、横揺《よこゆ》れした。

「あらあららっ」

先輩《せんぱい》が悲鳴《ひめい》をあげ、軽《かる》くよろけて、机《つくえ》に手《て》をつく。その反動《はんどう》で、机《つくえ》の端《はし》に置《お》いてあった私《わたし》のランドセルが、ドスと音《おと》を立《た》てて床《ゆか》に落《お》ちた。

揺《ゆ》れは、それで終《お》わった。

「ふぅ」と、文先輩《ふみせんぱい》がおおきく息《いき》を吐《は》く。「地震《じしん》って怖《こわ》いわよねぇ。わたし苦手《にがて》」

まぁ、『地震《じしん》が得意《とくい》』という人《ひと》は、あまり聞《き》いたことがない。

「最近《さいきん》、地震《じしん》が多《おお》いわねぇ」先輩《せんぱい》は私《わたし》のランドセルを拾《ひろ》いあげながら、つぶやいた。

たしかに。昨日《きのう》の午前《ごぜん》の授業中《じゅぎょうちゅう》にも、一回揺《かいゆ》れたっけ。

「今日《きょう》の四時間目《じかんめ》の授業中《じゅぎょうちゅう》も、今《いま》くらいの強《つよ》さで揺《ゆ》れたわよねぇ。二回も」と、文先輩《ふみせんぱい》が二本指《ほんゆび》を立《た》てる。

え？

先輩《せんぱい》の言葉《ことば》に引《ひ》っかかった。

今日《きょう》？　地震《じしん》が二回《かい》？　四時間目《じかんめ》に？

どういうこと？

「あの、先輩《せんぱい》、**『四時間目《じかんめ》に地震《じしん》があった』**って、どういうことですか？　私《わたし》たち四年《ねん》一組《くみ》は、四時間目《じかんめ》は国語《こくご》の特別授業《とくべつじゅぎょう》で、南校舎の図書室《としょしつ》にいたんです。みんな静《しず》かに、読書《どくしょ》や調《しら》べものをしてたんですけど、でも、全然地震《ぜんぜんじしん》なんて気《き》づかなくて」

「え？　そうなの？」

文先輩《ふみせんぱい》がポカンとする。「変《へん》ねぇ。けっこう、はっきりと揺《ゆ》れたんだけど」

「うん、花《はな》ちゃんもわかったよ。びっくりして、いろえんぴつおとして、だいだい色《いろ》のさきっぽが、われちゃったんだよ」

「そうよねぇ。北校舎《きたこうしゃ》二階《かい》の五年生《ねんせい》が、ザワザワ騒《さわ》ぐくらいに……」

文先輩《ふみせんぱい》はそう言《い》うと、けげんそうな私《わたし》の顔《かお》を見《み》て、

「あら、これって、どういうことかしらぁ？」と、のんびり口調《くちょう》で言《い》った。

「なんだか、おかしいですね」

現役《げんえき》こわいもの係《かかり》としての直感《ちょっかん》（霊感《れいかん》？）が、私《わたし》の身体《からだ》の芯《しん》にビビッ……と、かすかな電気《でんき》を走《はし》らせていた。

2 推理《すいり》

予感《よかん》は当《あ》たった。

次《つぎ》の日《ひ》の三時間目《じかんめ》の授業中《じゅぎょうちゅう》。そして、みんなのお楽《たの》しみ、ワイワイ楽《たの》しい給食《きゅうしょく》の時間《じかん》に、それは……、地震《じしん》は起《お》こった。

いや、それは普通《ふつう》の『地震《じしん》』ではなかった。なぜなら、揺《ゆ》れたのは北校舎《きたこうしゃ》だけだったのだから。

揺《ゆ》れ自体《じたい》は軽微《けいび》なものだったので、建物《たてもの》が倒壊《とうかい》するとか、窓《まど》ガラスが割《わ》れるとかしたわけではない。しかし、人的《じんてき》な被害《ひがい》があった。

まず、三時間目《じかんめ》の被害報告《ひがいほうこく》。

北校舎《きたこうしゃ》一階《かい》にある家庭科室《かていかしつ》で、裁縫《さいほう》をしていた六年生男子《ねんせいだんし》が揺《ゆ》れに驚《おどろ》き、手《て》にしていた針《はり》で、左手人《ひだりてひと》さし指《ゆび》を傷《きず》つけた。保健室《ほけんしつ》で消毒《しょうどく》し、絆創膏《ばんそうこう》を貼《は》る。全治三日《ぜんちみっか》。

そして、給食時間《きゅうしょくじかん》。

五年生《ねんせい》の給食当番《きゅうしょくとうばん》が、カレーの入《はい》った大鍋《おおなべ》を運《はこ》んで階段《かいだん》を上《あ》がっている最中《さいちゅう》に、揺《ゆ》れたのだ。

足《あし》を滑《すべ》らせた給食当番《きゅうしょくとうばん》の男《おとこ》の子《こ》。幸《さいわ》い、階段《かいだん》を転《ころ》げ落《お》ちたりするような事態《じたい》にはならなかったけれど、大鍋《おおなべ》をひっくり返《かえ》してしまった。

ぶちまけられたカレーがドロドロと、階段《かいだん》を下《した》へ下《した》へと伝《つた》い落《お》ちていく様《さま》はまるで、火山《かざん》から噴出《ふんしゅつ》した溶岩《ようがん》が流《なが》れていくようであった……と、目撃者《もくげきしゃ》は語《かた》った。

先生《せんせい》の指示《しじ》のもと、ぞうきんを手《て》にした十数名《じゅうすうめい》の子《こ》どもたちが、懸命《けんめい》の清掃作業《せいそうさぎょう》に取《と》りくんだが、匂《にお》いまではなかなか取《と》れず。それからしばらくは、カレーの香《かお》り漂《ただよ》う階段《かいだん》となってしまう。

そして、なにより。

カレーがなくなった五年一組《ねんくみ》のために、北校舎《きたこうしゃ》の四年生《ねんせい》と五年生《ねんせい》のクラスで少《すこ》しずつカレーをおすそわけすることになり、大好《だいす》きなカレーの分量《ぶんりょう》が減《へ》ってしまったと嘆《なげ》く児童《じどう》、お腹《なか》がいっぱいにならなかったとして、五時間目《じかんめ》の授業《じゅぎょう》に集中《しゅうちゅう》できない児童《じどう》、多数《たすう》。

その精神的《せいしんてき》ならびに胃袋的《いぶくろてき》な苦痛《くつう》は、かなりおおきなものであったと推察《すいさつ》される。

「――やっぱり変《へん》だよね」

その日《ひ》の放課後《ほうかご》。周囲《しゅうい》に誰《だれ》もいないことを確認《かくにん》してから、私《わたし》は四年《ねん》一組前《くみまえ》の廊下《ろうか》のつきあたりにある不思議《ふしぎ》な壁《かべ》をスイッとすり抜《ぬ》けて、四年霊組《ねんれいくみ》の教室《きょうしつ》へと向《む》かった。

「臨時《りんじ》の調整会議《ちょうせいかいぎ》を開《ひら》いて、先輩《せんぱい》たちの意見《いけん》を聞《き》いたほうがいいのかなぁ……」

一人《ひとり》つぶやきながら、カラッ……と、霊組《れいくみ》の入《い》り口《ぐち》の戸《と》を滑《すべ》らせる。

「りんりん、いらっしゃあい」

かわいらしいお出迎《でむか》えの声《こえ》とともに、花《はな》ちゃんが駆《か》けよってきた。

「こんにちは、花《はな》ちゃん」

ちいさな身体《からだ》をかかえあげて、キュッと抱《だ》きしめながら、ほっぺとほっぺをあわせる。

「りんりん、くすぐったいよお」

私《わたし》のほおずりに、うれしそうにはしゃぐ花《はな》ちゃんの笑顔《えがお》がとても愛《あい》らしい。

「きょうも、じしんがあったよね。きのうより、おおきかったよ」

「そうだね」と答《こた》えながら、自分《じぶん》の席《せき》に腰《こし》を落《お》ちつける。「北校舎《きたこうしゃ》だけ……だけどね」

「ふしぎだね」

「これって自然現象《しぜんげんしょう》じゃなくって、何者《なにもの》かのしわざだと、にらんでるんだけど。でも、それがなんなのか、さっぱりわかんない」と、ため息《いき》をもらしたそのとき。


バンッ！

霊組《れいくみ》の教室《きょうしつ》の後《うし》ろのすみっこに置《お》かれている清掃用具《せいそうようぐ》入《い》れのロッカーの扉《とびら》が、激《はげ》しい音《おと》を立《た》てて開放《かいほう》され、中《なか》から大人《おとな》の男《おとこ》の人《ひと》が飛《と》びだしてきた。

きれいになでつけられた七三《しちさん》の髪《かみ》に、鼻《はな》の下《した》のチョビ髭《ひげ》。

縦《たて》じまのスーツに赤《あか》ネクタイ、そして黒《くろ》ぶちの三角《さんかく》メガネをかけて、左手《ひだりて》には黒表紙《くろびょうし》の出席簿《しゅっせきぼ》を抱《かか》えている。

「美涼《みすず》さん！」あいさつも前置《まえお》きもなく、開口一番《かいこういちばん》、私《わたし》の名《な》を呼《よ》ぶ。

「はい」

「『はい』じゃありませんよ、まったく」男《おとこ》の人《ひと》は不満《ふまん》げな表情《ひょうじょう》で、ツカツカと私《わたし》たちのところへ歩《あゆ》みよってきた。

この奇妙《きみょう》なおっさんは、『自称《じしょう》』四年霊組《ねんれいくみ》の担任《たんにん》の先生《せんせい》……である。

普段《ふだん》はロッカーの中《なか》に引《ひ》きこもっていて姿《すがた》を見《み》せない。ロッカーの中《なか》で何《なに》をしているのか、そもそもなんでそこにいるのか、なんのために霊組《れいくみ》の担任《たんにん》をしているのか、いっさいが謎《なぞ》に包《つつ》まれた人物《じんぶつ》である。

「なにか？」

「『なにか』でもありません。こわいもの係《がかり》としてのお仕事《しごと》はいったいどうなっているんですか？」

ずり落《お》ちた三角《さんかく》メガネを、神経質《しんけいしつ》そうにクイともどす。

「この北校舎《きたこうしゃ》だけが揺《ゆ》れるという怪奇現象《かいきげんしょう》の謎《なぞ》を解《と》きあかし、平穏《へいおん》な日常《にちじょう》を取《と》りもどすことこそ、あなたにあたえられた使命《しめい》でしょ！」

それはそうですけど……。

「ごらんなさい」

先生《せんせい》はそう言《い》いながら、出席簿《しゅっせきぼ》の黒表紙《くろびょうし》をめくって、私《わたし》たちの眼前《がんぜん》につきつけた。

「お昼《ひる》の時間《じかん》に、ブルーマウンテンコーヒーを飲《の》みながらコレを記帳《きちょう》していたら、いきなり揺《ゆ》れてびっくりしちゃって、こぼしちゃったんですよ」

まっ白《しろ》のページの半分《はんぶん》くらいが、薄茶《うすちゃ》のシミに浸食《しんしょく》されている。

大切《たいせつ》な公共《こうきょう》の備品《びひん》をムダにしてしまった……っ

てわけですね。

「そうです。私《わたし》は紙《かみ》の一枚鉛筆《いちまいえんぴつ》の一本《いっぽん》とて、公用《こうよう》のものは大切《たいせつ》に使《つか》うようにしているのです。そう、たとえば今《いま》、目《め》の前《まえ》に世界的《せかいてき》な有名人《ゆうめいじん》がパッと現《あらわ》れたとしても、この出席簿《しゅっせきぼ》にサインを書《か》いてもらうなどという公私《こうし》の混同《こんどう》は、**絶対**《ぜったい》いたしません！」

すっごくあたりまえのことを、えらそーに宣言《せんげん》して、エヘンと胸《むね》をはる。

「とにかく」

先生《せんせい》は出席簿《しゅっせきぼ》をパタンと閉《と》じると、「こんなに頻繁《ひんぱん》に揺《ゆ》れては、落《お》ちついて仕事《しごと》もできませんので、早急《さっきゅう》に、地震《じしん》の謎《なぞ》の解明《かいめい》に取《と》りかかってください」と、言《い》った。

「……と、言《い》われても」

いったいだれが、どこで、なんのために……。

残念《ざんねん》なことに現時点《げんじてん》では、謎《なぞ》を解《と》くためのとっかかりが、なにもない。

私《わたし》が「うーん」と、うなると、ひざの上《うえ》の花《はな》ちゃんが、

「きたこうしゃをぐらぐらってゆらすんだから、きっとちからもちの人《ひと》だよね」と言《い》った。

「そうですそうです、花子《はなこ》さん鋭《するど》いですねえ。私《わたし》も同《おな》じことを考《かんが》えていました」

霊組《れいくみ》の先生《せんせい》が得意《とくい》げな顔《かお》で、チョビ髭《ひげ》をつついとなでる。「私《わたし》が推理《すいり》しますに、犯人《はんにん》はおおき

なナリをしたオバケでしょう。日本《にほん》の妖怪《ようかい》でそれに当《あ》てはまるのは、たとえば『だいだらぼっち』とか『がしゃどくろ』あたりですねぇ」

「それはおかしいです」

私《わたし》はキッパリと言《い》いきった。「地震《じしん》は、昨日《きのう》も今日《きょう》も、昼日中《ひるひなか》に起《お》きています。でも、だれ一人《ひとり》として、そんなおおきな妖怪《ようかい》を見《み》ていません。いっさいの目撃情報《もくげきじょうほう》がないんですよ」

「う、うむ……」ズバリ言《い》われて、先生《せんせい》が言葉《ことば》を詰《つ》まらせる。

「それらの妖怪《ようかい》に、透明《とうめい》になれる特殊能力《とくしゅのうりょく》があるなんて、聞《き》いたこともありませんし」

「む、むむぅ、たしかに美涼《みすず》さんの言《い》われるとおりですねぇ……。あ、じゃ、じゃあ」

先生《せんせい》がポンと、手《て》をうち鳴《な》らす。「きっと地下《ちか》ですよ。土《つち》の中《なか》に潜《ひそ》んで、グラグラグラグラと揺《ゆ》らしているのではないでしょうかねぇ」

大《おお》ナマズじゃないんだから……。

「それもおかしいです」私《わたし》は即座《そくざ》に、先生《せんせい》の意見《いけん》を切《き》って捨《す》てた。

「え？　ど、どこが？」

「土《つち》の中《なか》にいるのなら、揺《ゆ》れるのは地面全体《じめんぜんたい》になり、中校舎《なかこうしゃ》も南校舎《みなみこうしゃ》も揺《ゆ》れるはずです。でも、実際《じっさい》のところ、北校舎以外《きたこうしゃいがい》はまったく揺《ゆ》れていません」

「あ、そ、そうか、そうですよねぇ。はは」

小学生《しょうがくせい》に言《い》い負《ま》かされた先生《せんせい》は、胸《むな》もとのポケットからハンカチを取《と》りだして、額《ひたい》の汗《あせ》をぬぐって唸《うな》った。「うーん、困《こま》りました」

「困《こま》りましたね」

私《わたし》もちいさくため息《いき》をつく。「まるで、ポルターガイスト現象《げんしょう》のようなんですけど……」

「ぽるたーがいすとってなぁに？」

花《はな》ちゃんが、おおきな目《め》をくりっとさせながらたずねる。

「ポルターガイストっていうのはね、ヨーロッパで見《み》られる有名《ゆうめい》な心霊現象《しんれいげんしょう》なの。目《め》には見《み》えない何者《なにもの》かの力《ちから》で、ベッドやタンスがガタガタと揺《ゆ》れて、お皿《さら》や本《ほん》が空中《くうちゅう》を飛《と》ぶんだよ」

「ふへぇ」花《はな》ちゃんが、感嘆《かんたん》のため息《いき》をもらす。

「ドイツ語《ご》の『ポルター（騒《さわ》がしい）』と『ガイスト（霊魂《れいこん》）』を合《あ》わせて、ポルターガイストって言《い》うの」

私《わたし》がスラスラと説明《せつめい》すると、横《よこ》で聞《き》いていた先生《せんせい》が、

「ふはぁ、美涼《みすず》さん。あなた……」と、驚《おどろ》きの目《め》で、私《わたし》をまじまじと見《み》た。「そんな難《むずか》しいこと、よくご存《ぞん》じですねぇ。こういうの好《す》きなんですか？」

「いいえ」

私《わたし》は強《つよ》く答《こた》えた。「はっきり言《い》って、三年生《ねんせい》まではまったく興味《きょうみ》ありませんでした。でも、『こわいもの係《がかり》』に任命《にんめい》されたからにはしっかりとやりとげたいので、その手《て》の書籍《しょせき》や文献《ぶんけん》にたくさん目《め》を通《とお》して、知識《ちしき》を入《い》れました」

「ほうほう。かなり勉強《べんきょう》したんですね」

「ええ、かなりです」私《わたし》は、コクンとおおきくうなずいた。

「いやいや美涼《みすず》さん。あなた、なかなかに立派《りっぱ》ですなぁ。美月《みづき》さんや文《ふみ》さんにくらべて身体《からだ》はちいさいし、いつもツンケンしてて、ちょっぴりキリキリカリカリきっつい顔《かお》してて、歯《は》に衣着《きぬき》せずにズバズバ言《い》うだけの子《こ》で、『こわいもの係《がかり》』のお仕事《しごと》が、ちゃんとつとまるのかなぁって心《しん》配《ぱい》していたのですが……、いや、なかなかのものです」と、先生《せんせい》はすっかり感心《かんしん》した様子《ようす》。

ケッコー失礼極《しつれいきわ》まりない人物評《じんぶつひょう》だ。けれど、そのときの私《わたし》には、言《い》い返《かえ》すことはできなかった。

なぜならこのとき、私《わたし》の身体《からだ》の芯《しん》に、電流《でんりゅう》が走《はし》っていたからだ。

こわいもの係《がかり》の直感《ちょっかん》が、なにかを私《わたし》に訴《うった》えようとしているかのように、ビビッと反応《はんのう》していたのだ。

なに？　この感《かん》じは。なにかがひらめきそうな、そんな予感《よかん》……。

考《かん》えろ考《かん》えろ、美涼《みすず》っ！

頭《あたま》の中《なか》でうごめく、正体不明《しょうたいふめい》のなにかをあぶりだすんだ。

さっきの先生《せんせい》との会話《かいわ》に、いくつか引《ひ》っかかりがあった。なんて言《い》った？　なんて話《はな》した？

『ポルターガイスト』

『ちいさな身体《からだ》』

それに？　他《ほか》には？


「ほうほう。かなり勉強《べんきょう》したんですね」「ええ、かなりです」


『かなり』

……これだ。これに一番引《いちばんひ》っかかる。この単語《たんご》の響《ひび》きに、なにかが引《ひ》っかかる。なんだろう？

かなり……。か・な・り。か……な……り……？

…………。

「ああっ！！！」

私《わたし》は花《はな》ちゃんを抱《だ》きかかえたまま、イスをはね飛《と》ばさんばかりの勢《いきお》いで立《た》ちあがった。先生《せんせい》と花《はな》ちゃんが目《め》を丸《まる》くする。

「ど、どうしたの、りんりん？」花《はな》ちゃんが、私《わたし》の顔《かお》をのぞきこむ。

「いた……。いました、先生《せんせい》。思《おも》いだしました。建物《たてもの》だけを揺《ゆ》らす日本《にほん》の妖怪《ようかい》を……」

「え？　ほ、本当《ほんとう》ですか？　そいつはどんなやつですか？　やっぱりこう、筋骨隆々《きんこつりゅうりゅう》とした、おおきくて力《ちから》もちの……」

「いいえ、全然違《ぜんぜんちが》います」

首《くび》を横《よこ》に振《ふ》る。「私《わたし》の推理《すいり》のとおりなら、北校舎《きたこうしゃ》だけが揺《ゆ》れるという不可解《ふかかい》な現象《げんしょう》のすべてに、説明《せつめい》がつきます」

「そ、それはいったい……？」

「日本版《にほんばん》『ポルターガイスト』現象《げんしょう》を引《ひ》きおこすと言《い》われている、『ちいさな身体《からだ》』をした妖怪《ようかい》。その名前《なまえ》は……」

わたしはそこで一度《いちど》言葉《ことば》を切《き》って、先生《せんせい》と花《はな》ちゃんの顔《かお》をクルと見《み》まわしたのだった。

3 災難《さいなん》

そいつの名前《なまえ》は、妖怪《ようかい》『鳴屋《やなり》』。

家《いえ》や家具《かぐ》をガタガタと揺《ゆ》らすと言《い》われているけれど、その正体《しょうたい》はなんと、建物《たてもの》の床下《ゆかした》に棲《す》みついているちいさなちいさな鬼《おに》だ。

風《かぜ》もないのに、家《いえ》が『ミシッ』と音《おと》を立《た》てる。誰《だれ》もいないのに、家《いえ》のどこからか『カタッ』と物音《ものおと》が聞《き》こえてくる。これらの事象《じしょう》を、昔《むかし》の人《ひと》は妖怪《ようかい》『鳴屋《やなり》』のしわざだと考《かんが》えていたのだ。

そして、ここで問題《もんだい》になるのが……。

「鳴屋《やなり》と言《い》えば……」

先生《せんせい》が不安《ふあん》げな表情《ひょうじょう》で、私《わたし》と花《はな》ちゃんの顔《かお》を交互《こうご》に見《み》た。「ヤツは、棲《す》みついた家《いえ》や建物《たてもの》にふりかかる、不幸《ふこう》や危険《きけん》を伝《つた》えるために、家《いえ》を揺《ゆ》らすんじゃなかったですかねぇ？」

「文献《ぶんけん》にはそう書《か》かれていますね」私《わたし》はコクンとうなずいた。

「そ、そんなぁ……、そんなことを言《い》われては、それこそ仕事《しごと》なんて手《て》につきませんよ」

先生《せんせい》は落《お》ちつきなく、足元《あしもと》に落《お》とした視線《しせん》をキョロキョロと走《はし》らせた。

「ふこうとかきけんって、なにがくるの？」

先生《せんせい》の不安感《ふあんかん》が伝染《でんせん》したのか、花《はな》ちゃんもすこしだけ声《こえ》を震《ふる》わせる。

「それはわかんないけど、でも、だいじょうぶだよ花《はな》ちゃん、心配《しんぱい》ご無用《むよう》。だって、こわいもの係《がかり》の私《わたし》がいるんだもん」と、ことさらに強《つよ》く言《い》いきる。

そうだ。

前回《ぜんかい》の事件《じけん》では、すこし油断《ゆだん》してしまって、危《あぶ》ないところを文先輩《ふみせんぱい》に助《たす》けてもらったけれど、今回《こんかい》は犯人《はんにん》のめどもついたことだし、私一人《わたしひとり》の力《ちから》でこの事件《じけん》をビシッと解決《かいけつ》してみせる。

そうすれば、あの口《くち》うるさい美月先輩《みづきせんぱい》も、すこしは私《わたし》のことを見直《みなお》して……。

「とりあえず、今回《こんかい》の不可思議現象《ふかしぎげんしょう》が本当《ほんとう》に『鳴屋《やなり》』のしわざなのかどうか、さっそく私《わたし》、調《しら》べに行《い》ってきます」

「た、頼《たの》みましたよ」

オドオドとそう言《い》い残《のこ》し、先生《せんせい》はすたこらさっさとロッカーの中《なか》へ。

「花《はな》ちゃんはどうする？　怖《こわ》いんだったら、霊組《れいくみ》で待《ま》っててもいいよ」

「ううん」

花《はな》ちゃんは強《つよ》くかぶりを振《ふ》った。「花《はな》ちゃんも行《い》くよ。りんりんといっしょにがんばる」

そのけなげな言葉《ことば》がうれしくて、私《わたし》は思《おも》わず、花《はな》ちゃんをギュッと抱《だ》きしめたのでした。

「――さて」

まずは、北校舎《きたこうしゃ》の床下《ゆかした》を探《さぐ》って、本当《ほんとう》に妖怪《ようかい》『鳴屋《やなり》』がいるのかどうかを確認《かくにん》しなければならない……のだけれど、しかし、床板《ゆかいた》を引《ひ》っぺがすってわけには、いかないわけで。

となれば……。

私《わたし》と花《はな》ちゃんは連《つ》れだって、北校舎《きたこうしゃ》の外《そと》、中庭側《なかにわがわ》に出《で》た。

「りんりん、あながたくさんあるよ」

建物《たてもの》の地面近《じめんちか》くに、いくつものちいさな四角《しかく》の小窓《こまど》が開《あ》いている。床下《ゆかした》の通気口《つうきこう》だ。

私《わたし》は校舎《こうしゃ》の中央《ちゅうおう》あたりにある通気口《つうきこう》の前《まえ》にひざをついた。腰《こし》をぐいっと曲《ま》げ、頭《あたま》を低《ひく》くして、四角《しかく》の中《なか》をのぞきこんでみる。

穴《あな》の向《む》こうは、当然《とうぜん》にまっ暗《くら》で、当然《とうぜん》にシンとしていて、人気《ひとけ》はない（あたりまえ。床下《ゆかした》がにぎやかだったら、別《べつ》の意味《いみ》でこわい）。

花《はな》ちゃんが私《わたし》にならって、両手《りょうて》を地面《じめん》に突《つ》き、頭《あたま》を下《さ》げて通気口《つうきこう》にぺたっと顔《かお》を寄《よ》せた。

「なにもみえないね、りんりん」

「そうだね」

「よんでみようか」

「そうするしかないね。じゃあ、声《こえ》をそろえていくよ。せーの……」

「「**やなりー**」」

「オイオイオマエラ。人《ひと》ノコト、呼《よ》ビ捨《す》テニスンジャネーヨ！」

とつぜん、床下《ゆかした》の暗《くら》やみに声《こえ》が響《ひび》いた。

「わっ！」こんなにあっさり反応《はんのう》があるとは。

私《わたし》たちは、そろって身体《からだ》をすくませた。一瞬顔《いっしゅんかお》を見《み》あわせて、それからまた、二人《ふたり》で通気口《つうきこう》をのぞきこむ。

「だ、だれか、いるの？」

「ナンダヨ、ウルッセーナァ」

すこしイライラ口調《くちょう》のそいつは、暗《くら》がりの中《なか》から、ゆっくりとこちらにむかって歩《ある》いてきた。

それは、正真正銘《しょうしんしょうめい》の小鬼《こおに》だった。

手《て》のひらに乗《の》せることができそうなほどに、ちいさなちいさな……。

「あ、あなたは……だれ？」

「ハァ、何言《なにい》ッテンノ？　オマエラ今《いま》、おれ様《さま》ノ名前呼《なまえよ》ンダダロ？　ダカラ、ワザワザコウヤッテ姿《すがた》ヲ見《み》セテヤッタンダ。アリガタク思《おも》エ」

身体《からだ》は小《ちい》さいけれど、態度《たいど》がメチャクチャでかい。

むかっ。なに、こいつ？

……おっと、いけない。美月先輩《みづきせんぱい》から、冷静《れいせい》に落《お》ちついて……って、言《い》われてたんだっけ。

深呼吸《しんこきゅう》を一回《いっかい》して、気持《きも》ちを落《お》ちつかせる。

「あなた、妖怪《ようかい》『鳴屋《やなり》』なの？」

「オイ、呼《よ》ビ捨《す》テニスンナッテ。おれ様《さま》ニハ『ヤナリッチ』ッテイウ立派《りっぱ》ナ名前《なまえ》ガアルンダカラ、チャント、『ヤナリッチ様《さま》』トカ『ヤナリッチサン』トカ言《い》エヨ」

小鬼《こおに》はふてぶてしく言《い》いはなち、床下《ゆかした》の柱《はしら》に片手《かたて》を突《つ》いて、見下《みくだ》すような目《め》で私《わたし》たちを見《み》た。

「シカシオマエタチ、おれ様《さま》ノ姿《すがた》ヲ見《み》タリ声《こえ》ヲ聞《き》イタリデキルナンテ、タダノ人間《にんげん》ジャネェナ？」

「そうだよー。花《はな》ちゃんは座敷《ざしき》わらしだよぉ」

花《はな》ちゃんが明《あか》るく自己紹介《じこしょうかい》する。

「オォ、座敷《ざしき》ワラシカ。メズラシイナ」

いや、あんたの存在《そんざい》も、かなりめずらしいけどね……と、心《こころ》の中《なか》でつぶやく。

「それでね、こっちにいるのがりんりんで、こわいもの係《がかり》なんだよ」

「リンリン？　変《へん》ナ名前《なまえ》ノ人間《にんげん》ダナ。コワイモノ係《がかり》ッテノハ、ナンダ？」

「こわいもの係《がかり》はね、あさひ小学校《しょうがっこう》で起《お》きる幽霊《ゆうれい》や妖怪《ようかい》の事件《じけん》を、速《すみ》やかに解決《かいけつ》する仕事《しごと》なの」

「オ？　オオオッ？　ッテコトハ……」

ふいに、やなりっちが真剣《しんけん》そのものの顔《かお》になった。「ヒョ、ヒョットシテ、北校舎《きたこうしゃ》ガ揺《ゆ》レル原《げん》因《いん》ヲ探《さぐ》リニ、ココニ来《き》タッテコトカ？」

「そうよ」

私《わたし》はコクンとうなずいてみせた。「そしてそれは、あなたのしわざだったってわけね」

「ソ、ソウナンダヨ……」

ふいに、やなりっちの声色《こわいろ》が、重《おも》く低《ひく》くなった。さっきまでのふてぶてしさは消《き》え、なにかにおびえているようにも見《み》える。

「どうしたの？　まさか……」

鳴屋《やなり》は、その家《いえ》や建物《たてもの》にふりかかる不幸《ふこう》や危険《きけん》を予見《よけん》して、そのことを家人《かじん》に伝《つた》えるために家《いえ》を揺《ゆ》らすのだから、もしかして……。

「もしかして、近《ちか》いうちに北校舎《きたこうしゃ》に、なにか大変《たいへん》なことが起《お》きるってこと……なの？」

「ア、アア」

やなりっちはうつむいて、ちいさく答《こた》えた。「ジツハナ……」

「うん」私《わたし》はゴクリとつばを呑《の》んで、やなりっちの言葉《ことば》を待《ま》つ。

「ジツハ三日後《みっかご》ノ夕方《ゆうがた》、家庭科室《かていかしつ》カラ火《ひ》ガ出《で》ルンダ。ソレデ、建物《たてもの》ノ半分《はんぶん》ガ焼《や》ケ落《お》チル」

……え？

ええっ？

驚《おどろ》きのあまり声《こえ》が出《で》ない。やなりっちが続《つづ》ける。

「ソノ三日後《みっかご》、本物《ほんもの》ノ地震《じしん》デ、大地《だいち》ガ割《わ》レル。北校舎《きたこうしゃ》ノ残《のこ》リ半分《はんぶん》ハ、地《ち》ノ底《そこ》ニ呑《の》ミコマレル」

……！

「サラニサラニ、ソノ三日後《みっかご》、宇宙《うちゅう》カラ落《お》チテキタ隕石《いんせき》ガ、アサヒ小《しょう》ヲ直撃《ちょくげき》スルンダ」

う……。

不幸《ふこう》とか危険《きけん》とかいう言葉《ことば》で片《かた》づけられるレベルじゃない。

にわかには信《しん》じられない話《はなし》だけれど、特殊《とくしゅ》な予知能力《よちのうりょく》を持《も》つと言《い》われている鳴屋《やなり》の言葉《ことば》だ。けして、無視《むし》していいものではない。

「やなりっち。あなたは、それらの災厄《さいやく》を警告《けいこく》するために、北校舎《きたこうしゃ》を揺《ゆ》らしてくれたのね？」

私《わたし》は通気口《つうきこう》に頭《あたま》をつっこまんばかりの勢《いきお》いで、たずねた。

しかし、やなりっちはおおきくうなだれたまま、しゅんとなって身動《みうご》きしない。

「ね、ねぇ、やなりっち、あ、ううん、やなりっち様《さま》、お願《ねが》い、教《おし》えてください」

「やなりっちさま。花《はな》ちゃんからもおねがい」

必死《ひっし》の想《おも》いで、二人《ふたり》で呼《よ》びかける。

……と。「ぷっ」

闇《やみ》の中《なか》に、噴《ふ》きだす音《おと》が聞《き》こえた。そして、

「ギャーハッハッハッハッハッハッハ」とつぜん、腹《はら》を抱《かか》えて笑《わら》い転《ころ》げるやなりっち。

床下《ゆかした》の湿《しめ》った地面《じめん》の上《うえ》で、右《みぎ》に左《ひだり》にちいさな身体《からだ》をよじらせる。それから、ポカンとする私《わたし》たちの顔《かお》をチラと見《み》ると、指《ゆび》をさして、

「ウヒャヒャ、ソノまぬけ面《づら》、アヒャヒャヒャヒャヒャ」と、両脚《りょうあし》をバタバタ、ばたつかせた。

そして、ひとしきり笑《わら》った後《あと》に、こう言《い》いはなった。

「アー、笑《わら》ッタ笑《わら》ッタ。マッタク、あほヲカラカウノハ楽《たの》シイナァ」

え……？　は？　ぐぐっ……！

キレそうになるのを、懸命《けんめい》にこらえる。お、落《お》ちつけ落《お》ちつけっ！　れ、冷静《れいせい》に……。

「わ、私《わたし》たちをだましたのね」

すこし強《つよ》めに言《い》うも、やなりっちはどこ吹《ふ》く風《かぜ》と、涼《すず》しい顔《かお》をしている。

「アア、ソウダヨ。コンナノうそニ決《き》マッテンジャン。イヤイヤ、アサヒ小《しょう》ニ来《き》テ大正解《だいせいかい》、コンナデマカセヲ真《ま》ニ受《う》ケル、間《ま》ノ抜《ぬ》ケタヤツラガ、イルンダカラナァ。ウヒャヒャヒャヒャ」

小《こ》バカにしたような物言《ものい》いに、にぎりしめた私《わたし》のこぶしが、ふるふると震《ふる》えて止《と》まらない。

「じゃあ、きたこうしゃがゆれたのは、なんなの？」

花《はな》ちゃんがたずねる。

「おれ様《さま》、三年前《ねんまえ》カラココニ住《す》ンデンダケド、最近《さいきん》、チョット退屈気味《たいくつぎみ》デザ。デ、暇《ひま》ツブシニ軽《かる》ーク揺《ゆ》ラシテミタノヨ。ソウシタラ、アチコチカラまぬけナ人間《にんげん》ドモノ悲鳴《ひめい》ガ聞《き》コエテキテ、オモシロクナッテサァ。ツイツイ何回《なんかい》モヤッチマッタッテワケ。へへッ」

むかっ！　なんて言《い》いぐさ！　許《ゆる》せないっ！！！

私《わたし》は、やなりっちを捕《つか》まえようと、通気口《つうきこう》に右《みぎ》うでをぐいっとねじこんだ。

「オオットォ」

やなりっちが身体《からだ》をすばやくひるがえして、距離《きょり》を取《と》る。

「ヘヘーン、のろまナ人間《にんげん》ナンカニ、捕《つか》マルカヨォ」

そう言《い》っておしりをこちらに向《む》け、「オシーリぺんぺん」と、二回《かい》、たたいてみせた。

ブ・ブ・ブ・ブッチーン
もう、完全《かんぜん》に怒《おこ》った！　キレたっ！！！

手《て》が届《とど》かない場所《ばしょ》にいれば捕《つか》まらないと、タカをくくっているのだろうけど、こっちには秘密兵器《ひみつへいき》がある。

私《わたし》は胸《むな》もとの名札《なふだ》の裏《うら》から、三枚《まい》の護符《ごふ》のうち一枚《まい》をはぎ取《と》って、顔《かお》の前《まえ》にかざした。

護符《ごふ》を使《つか》うのは、これが初《はじ》めてだ。すこし緊張《きんちょう》する。

「護符《ごふ》よ、やなりっちを捕《つか》まえて、床下《ゆかした》から引《ひ》きずり出《だ》して」

そう念《ねん》をこめて、通気口《つうきこう》の中《なか》にズイと差《さ》し入《い》れた。

護符《ごふ》はパッと光《ひかり》を放《はな》つと、私《わたし》の手《て》の中《なか》でひも状《じょう》に姿《すがた》を変《か》えた。その端《はじ》をギュッとにぎりしめると、ひものもう片方《かたほう》の端《はし》が、スルスルッとやなりっちにむかって伸《の》びていって……、

「ウア、ナ、ナンダコレ？　ド、ドウナッテ……」

あっという間《ま》に、やなりっちのちいさな身体《からだ》を、くるくると締《し》めあげてしまった。

「ウ、ウアァ」

ちいさなうめき声《ごえ》を上《あ》げて、地面《じめん》に倒《たお》れこむやなりっち。

「ほーら、出《で》てきなさぁい……」

私《わたし》は低《ひく》いドスのきいた声《こえ》で、ゆっくりゆっくり、護符《ごふ》のひもをたぐり寄《よ》せる。

まっ青《さお》な顔《かお》のやなりっちが、身《み》もだえして必死《ひっし》に抵抗《ていこう》する。しかし、校舎《こうしゃ》を揺《ゆ》らすことはできても、ひもをふりほどく力《ちから》はないようだ。ただズルズルと、地面《じめん》の上《うえ》を引《ひ》きずられるのみ。

「ナ、ナニヲスルンダ、ハ、ハナセヨ！　鬼《おに》！　悪魔《あくま》！」

鬼《おに》はあんたでしょうが！

「ヤ、ヤ、ヤメロォオオ、ヒ、ヒ、ヒ、ヒィィィッ！」

ヒンヤリとした空気《くうき》を切《き》りさいて、恐怖《きょうふ》におびえる悲鳴《ひめい》が、床下《ゆかした》の暗《くら》やみに響《ひび》きわたった。

4 秘密《ひみつ》

「――と、いうわけで」

私《わたし》はおおきく胸《むね》をはって、堂々《どうどう》と言《い》った。「北校舎《きたこうしゃ》だけが揺《ゆ》れるという怪異事件《かいいじけん》、その首謀者《しゅぼうしゃ》であるやなりっちこと、妖怪《ようかい》『鳴屋《やなり》』をキッチリ締《し》めておきました！」

やなりっちとやりあった次《つぎ》の日《ひ》の放課後《ほうかご》、事件解決報告《じけんかいけつほうこく》のために、四年《ねん》一組《くみ》の教室《きょうしつ》にて『緊急《きんきゅう》臨時《りんじ》こわいもの係連絡調整会議《がかりれんらくちょうせいかいぎ》』が開《ひら》かれていた。

参加者《さんかしゃ》はもちろん、私《わたし》と花《はな》ちゃん、美月先輩《みづきせんぱい》、そして、花《はな》ちゃんをひざの上《うえ》に抱《だ》っこしている文先輩《ふみせんぱい》。いつもどおりのメンバー構成《こうせい》だ。

「それで」と、ニコニコ笑顔《えがお》の文先輩《ふみせんぱい》が、おっとりと口《くち》を開《ひら》く。

「やなりっちさんは、どうなっちゃったのかしら？」

「はい」

私《わたし》はメガネのつるを、右《みぎ》の人《ひと》さし指《ゆび》で上《あ》げて、位置《いち》を調整《ちょうせい》してから、

「以後《いご》、イタズラで校舎《こうしゃ》を揺《ゆ》らしたりはしないと約束《やくそく》させました。そして、それならば北校舎《きたこうしゃ》の床下《ゆかした》に住《す》み続《つづ》けてもよいと、許可《きょか》しました」と、鼻息荒《はないきあら》く言《い》った。

「上出来《じょうでき》ねぇ」

文先輩《ふみせんぱい》がパチパチと拍手《はくしゅ》すると、それにならって花《はな》ちゃんも手《て》をたたく。

「そうだね」と、美月先輩《みづきせんぱい》が口《くち》を開《ひら》いた。

「今回《こんかい》は、的確《てきかく》な判断《はんだん》とすばやい対応《たいおう》ができてたね。特《とく》に、妖怪《ようかい》『鳴屋《やなり》』の存在《そんざい》に気《き》づいたところは、すごいと思《おも》うよ」

ふふ。いつもクドクドうるさい美月先輩《みづきせんぱい》も、さすがに舌《した》を巻《ま》いているようだ。

しかし。

「でもね、ひとつだけ」と、先輩《せんぱい》は難《むずか》しい顔《かお》でつけくわえた。

「なんですか?」と、キッと鋭《するど》い視線《しせん》を返《かえ》す私《わたし》。

「いくらなんでも、床下《ゆかした》から引《ひ》きずり出《だ》したあと、中庭《なかにわ》の芝生《しばふ》の上《うえ》に正座《せいざ》させて、ガミガミ説教《せっきょう》する必要《ひつよう》はなかったんじゃないかな」

「やなりっちだけ正座《せいざ》させたわけじゃありません。私《わたし》もキチンと正座《せいざ》して、やなりっちの真正面《ましょうめん》で向《む》かいあってお説教《せっきょう》しました!」

「花《はな》ちゃんもね」

花《はな》ちゃんが、文先輩《ふみせんぱい》の顔《かお》を見《み》あげて言《い》う。「花《はな》ちゃんも、やなりっちのよこにせいざしてすわってね、『もうわるいことしちゃだめだよ』っておしえてあげたんだよ」

「あらら、それは偉《えら》いわねぇ」

文先輩《ふみせんぱい》が、花《はな》ちゃんのおかっぱ頭《あたま》をやさしくなでる。

「いや、正座《せいざ》はいいよ。でも、説教《せっきょう》を小一時間《こいちじかん》もする必要《ひつよう》、あったかな？　やなりっちは床下《ゆかした》から引《ひ》きずり出《だ》されただけで、かなりびびって、めそめそ泣《な》いていたし。三十分《ぷん》も過《す》ぎたころには、もうすっかりげんなりして、反省《はんせい》してたでしょ？」

「ですが、今回《こんかい》の事件《じけん》でケガをした子《こ》もいれば、カレーをお腹《なか》いっぱい食《た》べられなかった子《こ》たちもたくさんいるんですよ。やなりっちにしてみれば、単《たん》なるイタズラだったかもしれませんが、あさひ小児童《しょうじどう》が受《う》けた被害《ひがい》は、そうとうなものです！」ムキになって言《い》い返《かえ》す。

「それはそうだけど、やなりっちだって今回《こんかい》の件《けん》で、『こわいもの係《がかり》』は護符《ごふ》を持《も》っていて、悪《わる》さをすればすぐにとっ捕《つか》まっちゃうって、身《み》をもって理解《りかい》したと思《おも》うの。なにより身体《からだ》の自由《じゆう》を奪《うば》われて、床下《ゆかした》から引《ひ》っぱり出《だ》されるなんて経験《けいけん》、今《いま》までなかっただろうからね。クドクドと言《い》って聞《き》かせなくても、もう充分《じゅうぶん》わかってたはずよ」

「そうかもしれませんが、やはりこの機会《きかい》を逃《のが》さずにビシッと言《い》いふくめておくことが、のちのちのあさひ小学校《しょうがっこう》の安心《あんしん》と安全《あんぜん》に……」

「そこは、やなりっちの気持《きも》ちと立場《たちば》も、考《かんが》えてあげたほうが……」

いつもの展開《てんかい》になる。

「ねぇ、ふーみん。みぃちゃんとりんりん、またケンカしてる」

花《はな》ちゃんが文先輩《ふみせんぱい》の耳元《みみもと》で、こそっとささやく。

「ふふ、違《ちが》うって、花《はな》ちゃん。あれはケンカじゃないの。議論《ぎろん》なのよ」

「ぎろん？」

「そう。美月先輩《みづきせんぱい》も美涼《みすず》ちゃんも、見《み》ている理想《りそう》は同《おな》じ。楽《たの》しく明《あか》るいあさひ小学校《しょうがっこう》のためにがんばる——それだけ。ただ、その理想《りそう》の場所《ばしょ》にむかう手段《しゅだん》が、ほんのちょっと違《ちが》ってるだけなの。だから、『こうすればいい』『ああしたほうがいい』って、意見《いけん》をぶつけあってるのよ」

「ふぅん」と、花《はな》ちゃんがうなずいたとき、

キーンコーンカーンコーン

チャイムが鳴《な》った。

「あ、ごめん、美涼《みすず》ちゃんストップ」

美月先輩《みづきせんぱい》が私《わたし》の顔《かお》の前《まえ》に手《て》をかざして、『議論《ぎろん》』を中断《ちゅうだん》させる。「今日《きょう》も、生徒会制度《せいとかいせいど》の話《はな》しあいがあるんだ。昨日《きのう》の夕方《ゆうがた》は別件《べっけん》ですっぽかしちゃったから、今日《きょう》は絶対《ぜったい》行かないといけなくって。ここんとこ途中退席《とちゅうたいせき》ばかりで、ホントにごめんね」

言《い》いながら、腰《こし》かけていたイスをガタガタと机《つくえ》の下《した》にしまうと、そのままピューッと教室《きょうしつ》を出《で》て行《い》ってしまった。

またまた中途半端《ちゅうとはんぱ》に放《ほう》りだされた形《かたち》になって、すこしポカンとしていた私《わたし》は、「ふぅっ」と、おおきな息《いき》を吐《は》いてイスに腰《こし》を下《お》ろし、がっくりとうなだれた。

「あらら、なぁに、どうしたの美涼《みすず》ちゃん？」

文先輩《ふみせんぱい》が声《こえ》をかけてくる。「事件解決《じけんかいけつ》のおめでたいときに、しょんぼりしてちゃダメよぉ」

「……先輩《せんぱい》」

「ん？　なぁに？」

「先輩《せんぱい》たちの目《め》から見《み》て、私《わたし》、そんなに『こわいもの係《がかり》』としてダメですか？」

「ええ？　何《なに》言《い》ってるの？」

文先輩《ふみせんぱい》がめずらしくすっとんきょうな声《こえ》を上《あ》げる。「美涼《みすず》ちゃんは立派《りっぱ》よぉ。いつもハキハキしててキビキビしてて、まっすぐで。わたしみたいなのんびり屋《や》から見《み》れば、うらやましいくらいに『こわいもの係《がかり》』の仕事《しごと》をしっかりやっているよ。それこそ、尊敬《そんけい》できるほどに」

「そ、尊敬《そんけい》だなんて……」

思《おも》わぬほめ言葉《ことば》に、一瞬赤面《いっしゅんせきめん》する私《わたし》。しかし、すぐにひざの上《うえ》で両手《りょうて》をにぎりしめ、

「でも、美月先輩《みづきせんぱい》はいつだって、私《わたし》のやることなすことに、ダメ出《だ》しばかりしますよね？　初代《しょだい》のこわいもの係《がかり》をつとめあげた美月先輩《みづきせんぱい》から見《み》れば、私《わたし》、全然《ぜんぜん》やれてないのかなぁ……って、なんだか自信《じしん》をなくしそうで……」と、顔《かお》を伏《ふ》せると、花《はな》ちゃんが、文先輩《ふみせんぱい》のひざからピョンと飛《と》びおりて、

「りんりん！」と、駆《か》けよってきた。

そして、私《わたし》のひざの上《うえ》に「よいしょ、うんしょ」と登《のぼ》って、私《わたし》をキュッと両手《りょうて》で抱《だ》きしめた。

花《はな》ちゃんがくったくなく笑《わら》いながら言《い》う。「とってもがんばってて、すごいよ」

「りんりんはね」

花《はな》ちゃん……。

「花《はな》ちゃん、おもうの。みぃちゃんはいちばんすごいけど、りんりんもいちばんすごいなって」

ふんわりとしたあたたかな波動《はどう》が、しょぼくれた私《わたし》のむねの奥《おく》まで届《とど》いて、やさしくいやしてくれる。目《め》の奥《おく》が、ほんのすこし、熱《あつ》くなる。

「あのね、美涼《みすず》ちゃん」

文先輩《ふみせんぱい》がなにかを思《おも》いきったかのように、口《くち》を開《ひら》いた。

「これは秘密《ひみつ》なんだけど……、美月先輩《みづきせんぱい》はね、『わたしたちに悪《わる》いことをした』って、そう思《おも》ってるんだよ」

「……え？」

ど、どうして？　悪《わる》いことをした……って。なんのこと？

思《おも》いもかけない話《はなし》にとまどう私《わたし》。さっぱり意味《いみ》がわからない。

「去年《きょねん》、わたしがこわいもの係《がかり》だったとき、ものすごく悪意《あくい》の強《つよ》いオバケがあさひ小《しょう》にやって来《き》て、花《はな》ちゃんが高熱《こうねつ》に冒《おか》されて苦《くる》しんだ……っていう話《はなし》は、したわよね」

「は、はい」

「その事件《じけん》のとき、わたしは自分《じぶん》のドジで、ケガをしちゃったの。ほら」

文先輩《ふみせんぱい》は右《みぎ》うでの服《ふく》の袖《そで》をまくって、二《に》の腕《うで》をわたしに見《み》せた。その白《しろ》い肌《はだ》に、十センチほどの傷跡《きずあと》がくっきりと残《のこ》っている。

「美月先輩《みづきせんぱい》の助《たす》けを借《か》りながら、なんとか事件《じけん》は解決《かいけつ》できたんだけど、その後《あと》、先輩《せんぱい》にすっごく謝《あやま》られちゃって」

「え？　どうしてですか？」

「美月先輩《みづきせんぱい》はこう言《い》ったのよ」

文先輩《ふみせんぱい》は、その日《ひ》のことに想《おも》いを馳《は》せ、遠《とお》い目《め》をした。


『わたしがこわいもの係《がかり》を引《ひ》きうけたから、わたしがこわいもの係《がかり》になっちゃったから、これから先《さき》、あさひ小《しょう》四年《ねん》一組《くみ》の女子《じょし》の四番《ばん》は望《のぞ》むと望《のぞ》まざるとにかかわらず、こわいもの係《がかり》になる運命《うんめい》を背負《せお》ってしまった。わたしがこわいもの係《がかり》にならなければ、文《ふみ》ちゃんが危険《きけん》な目《め》にあうこともなかったし、こんな大《おお》ケガを負《お》うこともなかったのに……』

「そう言《い》って、わたしの前《まえ》で泣《な》いたの。『ごめんなさい、ごめんなさい』って」

私《わたし》は、おおきく息《いき》を呑《の》んだ。


た、たしかにそれはそのとおりだ。

仮《かり》に美月先輩《みづきせんぱい》がこわいもの係《がかり》にならずに、他《ほか》の出席番号《しゅっせきばんごう》の女《おんな》の子《こ》が選《えら》ばれていたとしたら。

文先輩《ふみせんぱい》も私《わたし》も、こわいもの係《がかり》になることはなかったのだろう。

そして、文先輩《ふみせんぱい》が、傷跡《きずあと》が残《のこ》るほどのケガをすることもなかったはずだ。

で、でも……。

でも、それじゃ、私《わたし》が、花《はな》ちゃんに会《あ》うことも四年霊組《ねんれいくみ》に行《い》くことも、そして護符《ごふ》を手《て》に悪《わる》い妖怪《ようかい》を懲《こ》らしめたり、困《こま》っているオバケを助《たす》けたりすることもなかったってこと……。

なにより、文先輩《ふみせんぱい》や美月先輩《みづきせんぱい》と、こうして深《ふか》くつきあうこともできなかった。

「そ、そんなのいやです」

私《わたし》は、おおきな声《こえ》を上《あ》げていた。「そんなことないです。私《わたし》はこわいもの係《がかり》になれて良《よ》かったって、そう思《おも》ってるんです。美月先輩《みづきせんぱい》には感謝《かんしゃ》してます」

「そうね」

文先輩《ふみせんぱい》はニコリと笑《わら》った。「わたしもそう。去年一年間《きょねんいちねんかん》で、こんなちっぽけな傷跡《きずあと》よりも、もっともっといっぱいステキでおおきなものを手《て》に入《い》れたもん。でも、美月先輩《みづきせんぱい》はそう感《かん》じていないの。わたしたちに対《たい》して、すこし後《うし》ろめたい気持《きも》ちを持《も》っている。だから、いつだって心配《しんぱい》してるのよ。去年《きょねん》はわたしのことを、そして、今年《ことし》は美涼《みすず》ちゃんのことをね」

心配《しんぱい》……？

「あらら、いつもは勘《かん》の鋭《するど》い美涼《みすず》ちゃんなのに、めずらしくピンとこないのねぇ」

文先輩《ふみせんぱい》がやさしく笑《わら》う。「先輩《せんぱい》はいつだって、美涼《みすず》ちゃんのこと見守《みまも》っているでしょ？」

え？

ど、どういうことですか？

「じゃあ、クイズを一つ」

クイズ？

「さっきの鳴屋事件《やなりじけん》のこと。美月先輩《みづきせんぱい》はなぜ、美涼《みすず》ちゃんがやなりっちさんを芝生《しばふ》の上《うえ》に正座《せいざ》させて、小一時間説教《こいちじかんせっきょう》したことを、知《し》っていたのでしょうか？」

…………あ。

ああっ！　そ、そうだ。

私《わたし》は、床下《ゆかした》からやなりっちを引《ひ》きずり出《だ》して締《し》めあげた……としか、報告《ほうこく》していない。

ならばなぜ、美月先輩《みづきせんぱい》は、私《わたし》たちが芝生《しばふ》の上《うえ》で正座《せいざ》していたことを知《し》っていたのか？

どうして、私《わたし》の説教《せっきょう》が小一時間続《こいちじかんつづ》いたって知《し》っていたのか？

ひょ、ひょっとして……。「み、見《み》てたんでしょうか？」

「そういうこと。もちろん美月先輩《みづきせんぱい》だっていろいろ忙《いそが》しいから、美涼《みすず》ちゃんの後《あと》をコソコソつけ回《まわ》しているわけじゃないわよ。きっと昨日《きのう》は、美涼《みすず》ちゃんと花《はな》ちゃんが中庭《なかにわ》でなにかしていると ころを、偶然見《ぐうぜんみ》かけたんでしょうね。そして、そこからずっと、なりゆきを見守《みまも》っていた……と。

美涼《みすず》ちゃんに危険《きけん》がないか、ケガをしたり、怖《こわ》い目《め》にあったりはしないか……ってね」

そう言《い》えば、美月先輩《みづきせんぱい》がさっき言《い》ってたっけ。昨日《きのう》の放課後《ほうかご》は、生徒会制度立《せいとかいせいどた》ち上《あ》げの会合《かいごう》をすっぽかしちゃった……って。

それは、陰《かげ》からひそかに、私《わたし》のことを見守《みまも》っていたから……。

「そういうことね。わたしのときもそうだったもの。あとね、もう一《ひと》つあるの」

文先輩《ふみせんぱい》は右手《みぎて》の人《ひと》さし指《ゆび》を立《た》てて、いたずらっこのような笑《え》みを浮《う》かべてみせた。「これは美《み》月先輩《づきせんぱい》から『絶対秘密《ぜったいひみつ》だ』って、念《ねん》をおされてたんだけどぉ……」

そう言《い》って、先輩《せんぱい》は胸《むな》もとの名札《なふだ》をクルリと裏返《うらがえ》してみせた。

そこには、一枚《まい》の護符《ごふ》がはりつけてあった。

……ん？　あれ？

文先輩手持《ふみせんぱいても》ちの護符《ごふ》の残《のこ》りは、たしか一枚《まい》だけだったはず。でも、それも、前回《ぜんかい》の事件《じけん》で私《わたし》を助《たす》けるために使《つか》ったはず……なのに……。

え？　ま、まさかっ！

「そう、そのまさかよ。あのとき美涼《みすず》ちゃんを助《たす》けた『姿《すがた》なき護符《ごふ》の使《つか》い手《て》』は、わたしじゃなくって美月先輩《みづきせんぱい》だったのよ」

もう、言葉《ことば》が出《で》ない。

ど、どうして……。

「その事件《じけん》のときも、美月先輩《みづきせんぱい》は陰《かげ》でこっそりと美涼《みすず》ちゃんを見守《みまも》っていたの。そして、美涼《みすず》ちゃんのピンチに、とっさに最後《さいご》の一枚《まい》の護符《ごふ》を使《つか》ったということ。で、その後《あと》、わたしのところに来《き》て『いつもガミガミ言《い》っているわたしに助《たす》けられたって知《し》ったら、美涼《みすず》ちゃんがあまりいい気持《きも》ちしないだろうから、文《ふみ》ちゃんが助《たす》けたってことにしてね』って、お願《ねが》いしてきたのよ」

文先輩《ふみせんぱい》が苦笑《にがわら》いを浮《う》かべる。「わたしは、そんなこと気《き》にする必要《ひつよう》はない、本当《ほんとう》のことを言《い》えばいいんじゃないんですかって言《い》ったんだけど、どうしてもお願《ねが》い……って、押《お》し切《き》られちゃって。ウソついててごめんね」

「い、いえ、そんなこと……」

私《わたし》は、それだけ返《かえ》すのが精《せい》いっぱいだった。

「美月先輩《みづきせんぱい》はすごく後輩想《こうはいおも》いで、ちょっぴり心配性《しんぱいしょう》。だから、ついつい口《くち》うるさくなっちゃうところもあるのよね。でも、そのキラキラした純粋《じゅんすい》な想《おも》いを、わたしたちにひけらかしたりはしない。先輩風《せんぱいかぜ》を吹《ふ》かせて、事件《じけん》に出《で》しゃばったりもしない。いつだって遠《とお》くから静《しず》かに、わたしや美涼《みすず》ちゃんを見《み》ま……って、あらら？」

文先輩《ふみせんぱい》が、ハッと息《いき》を呑《の》む。

「あらら……、み、美涼《みすず》ちゃん……、なんで泣《な》いてるの？　だいじょうぶ？　わたし、なんか変《へん》なことを言《い》っちゃったかな？　え、えっと、ご、ごめんね」

あわてて駆《か》けよってきて、花《はな》ちゃんの身体《からだ》ごと、私《わたし》をキュッと抱《だ》きしめる。

「ち、違《ちが》うんです……、すみません」

涙《なみだ》ながらに、謝《あやま》る私《わたし》。「わ、私《わたし》……私《わたし》、本当《ほんとう》に良《よ》かったです。こわいもの係《がかり》になれて。花《はな》ちゃんに会《あ》えて……、うれしくて……、文先輩《ふみせんぱい》に……、そして、美月先輩《みづきせんぱい》に……会《あ》え……」

むねの奥《おく》がぐうっと熱《あつ》くなって、続《つづ》く言葉《ことば》が、声《こえ》にならない。

「そうね。わたしもみんなに会《あ》えて、ほんとうに良《よ》かったよ」

文先輩《ふみせんぱい》が言《い》うと、私《わたし》と先輩《せんぱい》の身体《からだ》にはさまれている、サンドイッチのハム状態《じょうたい》の花《はな》ちゃんが、「花《はな》ちゃんもうれしいよ。りんりんとか、ふーみんとか、みぃちゃんがいてくれて。やさしくしてくれて、いつもすっごくうれしいんだよ。でもね……」と、もごもごと言《い》った。

「いまはね、ちょっとくるしいよ」

最後《さいご》のひと言《こと》がなんともおかしくて、私《わたし》は泣《な》いていたのに、噴《ふ》きだしてしまったのでした。

5 決意《けつい》

「どうしたの、こんなところにまでやってきて。昨日《きのう》の続《つづ》きでもするの？」

翌朝《よくあさ》。

朝一番《あさいちばん》で、南校舎《みなみこうしゃ》にある六年《ねん》三組《くみ》の教室《きょうしつ》を訪《おとず》れた私《わたし》を、牧原美月先輩《まきはらみづきせんぱい》が意外《いがい》そうな顔《かお》で迎《むか》える。

「あ、あの、受《う》けとってもらいたいものがあって」

私《わたし》はランドセルから一通《つう》の茶封筒《ちゃぶうとう》を取《と》りだし、先輩《せんぱい》の目《め》の前《まえ》に差《さ》しだした。

「なに？　まさか、果《は》たし状《じょう》じゃないわよね」

冗談《じょうだん》っぽく言《い》いながら封筒《ふうとう》を受《う》けとり、中《なか》をのぞきこんだ先輩《せんぱい》は軽《かる》く目《め》を丸《まる》くした。

「なに、コレ？」

「護符《ごふ》です」

「それは、わかってるよ」

先輩《せんぱい》は私《わたし》の手《て》を取《と》ると、ほかの子《こ》に会話《かいわ》を聞《き》かれないようにと、廊下《ろうか》の隅《すみ》に引《ひ》っぱっていった。

「そうじゃなくて、なんでコレを受《う》けとれなんて言《い》うのか……ってことを聞《き》いてるの」

「お、お返《かえ》しするんです。この前《まえ》の事件《じけん》で、私《わたし》を助《たす》けてくれたときに使《つか》ったぶん……」

「あぁー」

先輩《せんぱい》がおおきな口《くち》を開《あ》けて、それから、ほっぺをプッとふくらませて、「文《ふみ》ちゃん、しゃべっちゃったのか。まったく、あのおしゃべり娘《むすめ》はっ！」と言《い》った。

「い、いえ、違《ちが》うんです。文先輩《ふみせんぱい》は口《くち》をすべらせたんじゃなくって、その、私《わたし》のために……」

「あはは、冗談《じょうだん》ジョーダン。わかってるよ、文《ふみ》ちゃんの性格《せいかく》は。もともと隠《かく》しごとができるような器用《きよう》なタイプでもないから。口止《くちど》めしていたわたしが悪《わる》いよね」

先輩《せんぱい》はペロッと舌《した》を出《だ》しながら、肩《かた》をすくめてみせた。

「あ、あの危《あぶ》なかったとき、陰《かげ》から私《わたし》を助《たす》けてくれたのは、美月先輩《みづきせんぱい》だったって。そ、その、あ、ありがとうございました」

私《わたし》は思《おも》いっきり頭《あたま》をさげた。

「いいよいいよ、そんなかしこまらなくっても。後輩《こうはい》のピンチを、先輩《せんぱい》が助《たす》けるのはあたりまえでしょ。でもね、美涼《みすず》ちゃん」

先輩《せんぱい》はそう言《い》うと、茶封筒《ちゃぶうとう》を私《わたし》に差《さ》しだした。「これは受《う》けとれないよ。現役《げんえき》の『こわいもの係《がかり》』が使《つか》ってこそ、護符《ごふ》は本当《ほんとう》の力《ちから》を発揮《はっき》するんだもん。そりゃ、大事《だいじ》にとっておいた最後《さいご》の一枚《まい》がなくなっちゃったのは残念《ざんねん》だけど、それだって美涼《みすず》ちゃんを助《たす》けるために使《つか》ったわけだし。だから、これは美涼《みすず》ちゃんが……」

「ち、違《ちが》うんです」

私《わたし》は先輩《せんぱい》の足《あし》もとあたりに視線《しせん》を走《はし》らせながら、必死《ひっし》に言葉《ことば》を紡《つむ》いだ。「先輩《せんぱい》に持《も》っていてほしいんです。そ、それを先輩《せんぱい》が持《も》ってて、それでそれで、これからもずっと……、ずっと私《わたし》のことを見守《みまも》っていてほしいんです。先輩《せんぱい》はずーっと、私《わたし》の先輩《せんぱい》でいてくれて、それでいつも私《わたし》のことを見《み》てくれて、それでその、いざというときには、その護符《ごふ》で助《たす》けてほしいんです。ううん、私《わたし》だけじゃない。これから先《さき》『こわいもの係《がかり》』を引《ひ》きついでいく後輩《こうはい》たちも、ずっと……。遠《とお》くにいても、なにをしていても……。そのために、お返《かえ》しするんです！」

「美涼《みすず》ちゃん……」

「で、でも、それは甘《あま》えじゃありません。護符《ごふ》をお返《かえ》しするもう一《ひと》つの意味《いみ》は……」

私《わたし》は顔《かお》をあげて、美月先輩《みづきせんぱい》のおおきな瞳《ひとみ》を真正面《ましょうめん》から見《み》すえた。

「もう一《ひと》つの意味《いみ》は、**私《わたし》の『決意表明《けついひょうめい》』です！**」

「決意《けつい》？」

「はい。その護符《ごふ》は先輩《せんぱい》にお返《かえ》しします。でも、私《わたし》、その護符《ごふ》を先輩《せんぱい》に使《つか》わせる気《き》は全然《ぜんぜん》、ありませんから。私《わたし》、これからしっかりと『こわいもの係《がかり》』の仕事《しごと》をやっていきます。先輩《せんぱい》たちの助《じょ》言《げん》やアドバイスをしっかり受《う》け止《と》めて、先輩《せんぱい》がその護符《ごふ》を使《つか》う機会《きかい》がないくらいに、やりとげてみせます。そしてその想《おも》いを、これから先《さき》のこわいもの係《がかり》の後輩《こうはい》たちにも、ずっと伝《つた》えていくんです！　が、がんばるんです！」

私《わたし》の迫力《はくりょく》に、美月先輩《みづきせんぱい》は言葉《ことば》もなく、ただ私《わたし》の顔《かお》を見《み》つめている。

「そ、その決意《けつい》を伝《つた》えに来《き》ました。じゃ、じゃあ、失礼《しつれい》します」

私《わたし》はややぎこちなく一礼《いちれい》すると、クルリときびすを返《かえ》した。

「美涼《みすず》ちゃん」すぐに、背中《せなか》から声《こえ》がかかる。

「は、はい。なんですか？」

振《ふ》り返《かえ》る私《わたし》に、先輩《せんぱい》が言《い》った。

「顔《かお》、まっ赤《か》だよ」

「え……？」ハッと両手《りょうて》でほっぺを押《お》さえる。手《て》のひらに、熱《ねつ》を感《かん》じる。

「あ、こ、これは普通《ふつう》です。私《わたし》、これが普通《ふつう》なんです！」

「またまたぁ」

先輩《せんぱい》はうれしそうに駆《か》けよってくると、私《わたし》の手《て》を取《と》った。「美涼《みすず》ちゃんの決意《けつい》、たしかに聞《き》いたよ。がんばるんだよ、現役《げんえき》の『こわいもの係《がかり》』さん」

「……はい」

「また、あんたはすぐそうやって仏頂面《ぶっちょうづら》する。ほら、こんなシーンでは、テレビドラマでも映画《えいが》でも、おたがいにニッコリ微笑《ほほえ》みあってうなずきあったりして、二人《ふたり》の周《まわ》りがキラキラして、感動《かんどう》のフィナーレになるとこでしょ？」

「ぜ、全然《ぜんぜん》、フィナーレじゃないです！　私《わたし》のこわいもの係《がかり》の任期《にんき》は、まだ半年《はんとし》くらい残《のこ》ってるんですから。そ、それに、仏頂面《ぶっちょうづら》で悪《わる》かったですね。これは生《う》まれつきなんです！」

「そう？　でも、鳴屋《やなり》の事件《じけん》を解決《かいけつ》した後《あと》、花《はな》ちゃんと手《て》をつないで霊組《れいくみ》に帰《かえ》っていく美涼《みすず》ちゃんは、とってもいい笑顔《えがお》してたけどなぁ」

ボフン……と、音《おと》が聞《き》こえるくらい、私《わたし》の顔《かお》がさらに赤《あか》くなったのがわかった。

「こ、こっそり盗《ぬす》み見《み》するなんて、ひどいじゃないですか！　あ、悪趣味《あくしゅみ》ですっ！」

「あら。いつも見守《みまも》っててほしいって、さっき言《い》ったばかりなのに」

「そ、それは、こ、これから先《さき》のことでっ……！」

食《く》ってかかる私《わたし》を「はいはい」といなすと、先輩《せんぱい》は茶封筒《ちゃぶうとう》をむねに抱《だ》いて、

「これ、大事《だいじ》にする。そして、いつも見守《みまも》っているからね。美涼《みすず》ちゃんのこと、ずっと。約束《やくそく》する」と、強《つよ》く強《つよ》く言《い》いきった。そして、

「そのかわりと言《い》っちゃなんだけど……」と、ふいにまじめな顔《かお》になって、私《わたし》の耳元《みみもと》に口《くち》を、そっと寄《よ》せてきた。「お願《ねが》いがあるの」と、ささやく。

「な、なんですか？」ドギマギする私《わたし》に、先輩《せんぱい》は言《い》った。

「来月《らいげつ》の一日《ついたち》に生徒会長選挙《せいとかいちょうせんきょ》をするって、昨日《きのう》決まったんだ。わたし立候補《りっこうほ》するの。だから、美《み》涼《すず》ちゃん、ちゃーんとわたしに投票《とうひょう》してね。なんなら、美涼《みすず》ちゃんのクラス全員《ぜんいん》わたしに入《い》れるよう、根回《ねまわ》ししてもらってもいいからね」

「そ……」

私《わたし》はキッと先輩《せんぱい》をにらみつけてやった。

「それって、**こーしょく選挙法違反《せんきょほういはん》**じゃないですかっ！　そそ、そんな不正《ふせい》、私《わたし》、絶対《ぜったい》にしませんからっ！」

「もう、美涼《みすず》ちゃんってば、ホントお堅《かた》いなぁ」

「そ、それに」

私《わたし》は先輩《せんぱい》から視線《しせん》をそらすと、ちいさなちいさな声《こえ》で言《い》った。

「いちいち言《い》われなくても、私《わたし》は先輩《せんぱい》に投票《とうひょう》するんです」

美月先輩《みづきせんぱい》は「ふふっ」と笑《わら》って、私《わたし》の頭《あたま》を、くしゃとなでたのでした。

「こわいもの係《がかり》」床丸迷人《とこまるまよと》さん新《しん》シリーズ！
床丸迷人《とこまるまよと》・作《さく》
へちま・絵《え》
キミト宙《ソラ》へ
2018年《ねん》
12月《がつ》15日《にち》
発売予定《はつばいよてい》
食《く》いしんぼ王女《おうじょ》のボディガード
「こわいもの係《がかり》」
ファンは読《よ》んでネ！
おかしな仲間《なかま》と銀河《ぎんが》の果《は》てへ。
そこには思《おも》いがけない人《ひと》たちと事件《じけん》が！
幼《おさな》なじみの女《おんな》の子《こ》は、王女様《おうじょさま》だった!?

「キミト宙《そら》へ」人物《じんぶつ》紹介《しょうかい》

世《せ》界《かい》一《いち》クラブ

リーダーのヒミツ!?

大《おお》空《ぞら》なつき

絵《え》／明《あき》菜《な》

世《せ》界《かい》一《いち》クラブとは
世界一《せかいいち》の特技《とくぎ》を持《も》った
小学生《しょうがくせい》たちが結成《けっせい》したクラブ。
人物紹介《じんぶつしょうかい》
世界一《せかいいち》の柔道少女《じゅうどうしょうじょ》
五井《ごい》すみれ
小《しょう》6。運動《うんどう》は何《なん》でも得意《とくい》！柔道《じゅうどう》の世界大会優勝《せかいたいかいゆうしょう》。だれかれかまわず、投《な》げとばす!?
世界一《せかいいち》の天才少年《てんさいしょうねん》
徳川光一《とくがわこういち》
小《しょう》6。読《よ》んだ本《ほん》はもう何十万《なんじゅうまん》冊《さつ》。しかし、起《お》きてから3時間《じかん》たつと、眠《ねむ》っちゃう!?
世界一《せかいいち》の忍《しの》び
風早和馬《かぜはやかずま》
小《しょう》6。忍者《にんじゃ》の家系《かけい》。忍《しの》びの大会《たいかい》で優勝《ゆうしょう》。けれど、忍《しの》びとバレてはいけない！
世界一《せかいいち》の美少女《びしょうじょ》
日野《ひの》クリス
美少女《びしょうじょ》コンテスト世界大会《せかいたいかい》で優勝《ゆうしょう》。ただし、超《ちょう》はずかしがりや！
世界一《せかいいち》のエンターテイナー
八木健太《やぎけんた》
小《しょう》6。ものまね、マジック、漫才《まんざい》などがプロなみ。でも、世界一《せかいいち》のドジ!?

★1 五人《にん》の秘密基地《ひみつきち》

「……やっぱり、十冊《さつ》は重《おも》いな」

徳川光一《とくがわこういち》は、図書館《としょかん》で借《か》りた本《ほん》がつまったバッグを手《て》にため息《いき》をついた。

放課後《ほうかご》なので、特別教室《とくべつきょうしつ》ばかりが並《なら》ぶ学校《がっこう》のこのあたりは静《しず》まりかえっている。

廊下《ろうか》をとぼとぼと歩《ある》いて児童会室《じどうかいしつ》にたどりつくと、ドアを開《あ》ける。

申《もう》し訳《わけ》ないけど、何冊《なんさつ》か置《お》いて帰《かえ》ろう。

今日《きょう》は、帰《かえ》りがけに用事《ようじ》もあるし――。

パンッ！

「わっ！」

なんだ、この音《おと》!?

部屋《へや》に入《はい》った瞬間《しゅんかん》、大《おお》きな音《おと》につい足《あし》を止《と》める。すかさず大量《たいりょう》の紙《かみ》テープが降《ふ》りそそいだ。

紙《かみ》テープで、ぜんぜん前《まえ》が見《み》えないっ。これは、絶対《ぜったい》につ……！

「健太《けんた》！　なんだこれ!?」

「えへへ、驚《おどろ》いた!?　びっくりさせたくて、先《さき》に来《き》て準備《じゅんび》してたんだ。大成功《だいせいこう》……わわわ！」

暗《くら》い視界《しかい》の中《なか》で、どしんと鈍《にぶ》い音《おと》がする。顔《かお》にかぶさった紙《かみ》テープをよけると、健太《けんた》が光一《こういち》の足元《あしもと》まで伸《の》びた紙《かみ》テープの山《やま》に頭《あたま》からつっこんでいた。

えっと、もしかして、自分《じぶん》で準備《じゅんび》したテープで転《ころ》んだのか？

「健太《けんた》、だいじょうぶか……？」

「うん！　紙《かみ》テープがクッションになって、ちょうどよかったかも。ぼくってラッキー？」

……どっちかっていうと、〈不幸中《ふこうちゅう》の幸《さいわ》い〉だと思《おも》うぞ。

健太《けんた》は、差《さ》しだされた光一《こういち》の手《て》をつかんで起《お》きあがる。へらっと笑《わら》いながら頭《あたま》をかいた。

小二《しょう》からの親友《しんゆう》、八木健太《やぎけんた》。コントも落語《らくご》も、手品《てじな》もものまねも神《かみ》ワザ級《きゅう》。人《ひと》を笑《わら》わせることならなんでも大好《だいす》きな〈世界一《せかいいち》のエンターテイナー小学生《しょうがくせい》〉だ。

でも、ときどきものすごいドジもやらかすから、〈世界一《せかいいち》のドジ小学生《しょうがくせい》〉とも言《い》われてる。

こんな健太《けんた》も〈世界一《せかいいち》クラブ〉の絶対《ぜったい》に欠《か》かせないメンバーの一人《ひとり》だ。

世界一《せかいいち》クラブ。

学校《がっこう》で起《お》きた『脱獄犯立《だつごくはんた》てこもり事件《じけん》』をきっかけに作《つく》ったクラブで、メンバーは五人《にん》。

みんな、好《す》きなものも性格《せいかく》もバラバラだけど、たった一つの共通点《きょうつうてん》がある。

それは――世界一《せかいいち》の特技《とくぎ》を持《も》った小学生《しょうがくせい》であること。

おれたち五人《にん》は、今《いま》までに『当《あ》たり屋詐欺事件《やさぎじけん》』や『東京駅爆弾《とうきょうえきばくだん》テロ未遂事件《みすいじけん》』とかの、すごい事件《じけん》を解決《かいけつ》してきた。

今《いま》では児童会室《じどうかいしつ》を秘密基地《ひみつきち》にして、なんとなく集《あつ》まるようになっている。

っていっても、いつも事件《じけん》が起《お》こるわけじゃないんだけど。

「健太《けんた》、その紙《かみ》テープ……どこにしまってたの……？」

「ぷぷっ、光一《こういち》の頭《あたま》が伸《の》びたラーメンみたいになってる！」

奥《おく》の席《せき》で、広《ひろ》げた雑誌《ざっし》をのぞきこんでいたクリスが、光一《こういち》にかぶさった紙《かみ》テープの山《やま》を見《み》て目《め》を丸《まる》くする。その横《よこ》で、すみれが口《くち》を押《お》さえながら、吹《ふ》きだすのを必死《ひっし》にこらえていた。

メンバーの一人《ひとり》。四月《がつ》に転校《てんこう》してきた日野《ひの》クリスは、小学生美少女《しょうがくせいびしょうじょ》コンテストの世界大会《せかいたいかい》で優《ゆう》勝《しょう》した、〈世界一《せかいいち》の美少女《びしょうじょ》〉。演技《えんぎ》では余裕《よゆう》のある態度《たいど》を見《み》せるけれど、本当《ほんとう》は大《だい》の恥《は》ずかしがりで、いつもはピンクの縁眼鏡《ふちめがね》で顔《かお》をかくしている。

もう一人《ひとり》のメンバー。小《ちい》さいころからの幼《おさな》なじみ、五井《ごい》すみれは、どんな大人《おとな》も投《な》げとばす〈世界一《せかいいち》の柔道少女《じゅうどうしょうじょ》〉。小柄《こがら》だけれど、どんなスポーツ選手《せんしゅ》も顔負《かおま》けの、天才的運動神経《てんさいてきうんどうしんけい》の持《も》ち主《ぬし》だ。

おれ、徳川光一《とくがわこういち》は、小学校六年生《しょうがっこうろくねんせい》にして、もう読《よ》んだ本《ほん》が何十万冊《なんじゅうまんさつ》かわからない。そんなこともあって、〈世界一《せかいいち》の天才少年《てんさいしょうねん》〉と呼《よ》ばれている。

それにしても、いくらおかしいからって、すみれは笑《わら》いすぎじゃないか？　お腹《なか》を押《お》さえて笑《わら》うすみれにむっとしながら、光一《こういち》は頭《あたま》の紙《かみ》テープを取《と》る。持《も》ってきた本《ほん》をテーブルに積《つ》みはじめると、バッグが一気《いっき》に軽《かる》くなった。

『あなたの個人情報《こじんじょうほう》を守《まも》るために』に、『お菓子《かし》づくりのコツ』に、あとは……。どの本《ほん》を置《お》いて帰《かえ》るか、けっこう迷《まよ》うな。

「ゴホン！　えーっと、光一《こういち》。今日《きょう》は習《なら》いごとなくてヒマだよね？」

あやしい笑《わら》いを浮《う》かべながら、すみれが自分《じぶん》のリュックをごそごそと漁《あさ》る。しわくちゃになった紙《かみ》を、勢《いきお》いよくつきだした。

「今日《きょう》はお父《とう》さんが出《で》かけてるから、柔道《じゅうどう》の練習《れんしゅう》がいつもより遅《おそ》いんだ。だから今《いま》のうちに、書《か》きなおしになった感想文《かんそうぶん》、手伝《てつだ》って！」

「って、その書《か》きなおし、もう三回目《かいめ》じゃないか!?」

「その……わたしも、よかったら……社会科《しゃかいか》で教《おし》えてほしいところがあって……」

「ぼくも、昨日練習《きのうれんしゅう》した手品《てじな》を見《み》せたいんだ！　もっとすごいのが、たくさんあって――」

げっ、マズい。このままだと、みんなに捕《つか》まる!?

「ごめん。今日《きょう》は、すぐ帰《かえ》るつもりなんだ。ちょっと、用事《ようじ》があって」

「そうなんだ……残念《ざんねん》だけど、用《よう》があるならしかたないね」

あわてて声《こえ》をあげると、健太《けんた》がしょんぼりと肩《かた》を落《お》としながら、床《ゆか》に手《て》を伸《の》ばす。散《ち》らばった紙《かみ》テープを、そでに押《お》しこみはじめた。

って、その量《りょう》を、どうやってそでにしまいなおすんだ……？

「じゃあ、明日《あした》までにもっともっと練習《れんしゅう》して、すっごい手品《てじな》に……あれ、これ何《なに》かなあ？」

紙《かみ》テープをそでに押《お》しこんでいた健太《けんた》が、首《くび》をかしげながら、手《て》を止《と》める。ガサガサと音《おと》を立《た》てながら紙《かみ》テープに手《て》をつっこむと、間《あいだ》にはさまった紙《かみ》をつまみあげた。

折《お》りたたまれた白《しろ》い紙《かみ》が、健太《けんた》の手元《てもと》でぴらりと揺《ゆ》れる。

紙《かみ》テープにもみくちゃにされて、折《お》り目《め》が少《すこ》し開《ひら》いて――。

それは！

「あっ！」

光一《こういち》は思《おも》わず、健太《けんた》の手《て》からひったくるように紙《かみ》を取《と》りあげる。わずかに口元《くちもと》を引《ひ》きつらせながら、ズボンのポケットに強《つよ》く押《お》しこんだ。

あぶない。これを見《み》られると、絶対《ぜったい》めんどうなことになる……。

「健太《けんた》、ありがと。さっきの紙《かみ》テープをどけるときに、落《お》としたみたいだ」

「えっ、う、うん？」

健太《けんた》が、きょとんとしながら瞬《まばた》きする。光一《こういち》は、その視線《しせん》から逃《に》げるように向《む》きを変《か》えた。

「じゃあ、おれはもう帰《かえ》るから——」

すばやくドアを開《あ》けて、廊下《ろうか》へ飛《と》びだそうとした瞬間《しゅんかん》、長身《ちょうしん》の人影《ひとかげ》が行《ゆ》く手《て》をさえぎる。軽《かる》くぶつかった拍子《ひょうし》に見上《みあ》げると、切《き》れ長《なが》の瞳《ひとみ》と目《め》が合《あ》った。

隣《となり》のクラスの風早和馬《かぜはやかずま》。世界一《せかいいち》クラブの最後《さいご》の一人《ひとり》にして頼《たよ》れる助《すけ》っ人《と》——。

その正体《しょうたい》は、由緒《ゆいしょ》ある忍《しの》びの家系出身《かけいしゅっしん》の〈世界一《せかいいち》の忍《しの》び小学生《しょうがくせい》〉。

もちろん、調査《ちょうさ》や尾行《びこう》はお手《て》の物《もの》だ。

いつもは、あまり顔《かお》を出《だ》さないのに、今日《きょう》に限《かぎ》って……！

「……和馬《かずま》も。じゃあな、また明日《あした》」

光一《こういち》は、和馬《かずま》に一方的《いっぽうてき》にそう告《つ》げると、すれ違《ちが》うように出入《でい》り口《ぐち》を抜《ぬ》ける。そのまま廊下《ろうか》をつっきって、階段《かいだん》に足《あし》をかけた。

ちょっと、変《へん》だったか？　でも、追《お》いかけてこられると困《こま》る。

そっと後《うし》ろを振《ふ》りかえってみる。けれど、廊下《ろうか》はしんとして、追《お》いかけてくる気配《けはい》はない。

いつもはめている腕時計《うでどけい》を見《み》ると、思《おも》ったより時間《じかん》が過《す》ぎていた。

「……早《はや》く行《い》かないとな。遅《おく》れたら悪《わる》いし」

そうつぶやきながら、光一《こういち》は階段《かいだん》を小走《こばし》りで降《お》りると、その勢《いきお》いのまま昇降口《しょうこうぐち》に駆《か》けこんだ。


「えらく急《いそ》いでいたが、光一《こういち》はどうかしたのか？」

開《あ》いたままの児童会室《じどうかいしつ》のドアを見《み》ながら、和馬《かずま》はぽつりとつぶやく。作文用紙《さくぶんようし》をしまっていたすみれが、さあ？　と肩《かた》をすくめた。

「用事《ようじ》があるんだって。光一《こういち》のことだし、急《いそ》いで読《よ》みたい本《ほん》でもあるんじゃない？」

「でも、少《すこ》し様子《ようす》がおかしかった気《き》がするけど……」

クリスが、不思議《ふしぎ》そうに軽《かる》く首《くび》をかしげると、部屋《へや》に沈黙《ちんもく》が落《お》ちた。

……今日《きょう》は、特《とく》に用《よう》はなさそうだ。

「いちおう顔《かお》を出《だ》しただけだ。オレも、もう帰《かえ》る」

「和馬《かずま》くんっ、待《ま》ってよ～！」

突然《とつぜん》、健太《けんた》が大声《おおごえ》を上《あ》げながら前《まえ》に飛《と》びだしてくる。あわてた様子《ようす》で口《くち》を開《あ》けた。

「大変《たいへん》だよ！　せ、せせせ、世界一《せかいいち》クラブの一《いち》大事《だいじ》っていうか――」

「世界一《せかいいち》クラブの、一大事《いちだいじ》？」

「健太《けんた》、どーいうこと？」

「ぼ、ぼく、さっき光一《こういち》が落《お》とした手紙《てがみ》を、ちらっと見《み》ちゃったんだ。それで……」

イスから半分腰《はんぶんこし》を浮《う》かせたすみれを見《み》ながら、健太《けんた》が、しまいかけの紙《かみ》テープを、ぎゅっとにぎる。

突然《とつぜん》、一人《ひとり》で納得《なっとく》したように大《おお》きくうなずくと、明《あか》るく笑《わら》った。

「告白《こくはく》の呼《よ》びだしだよ！　さっきの手紙《てがみ》は、光《こう》一《いち》へのラブレターだったんだ！」

2 光一《こういち》を追《お》え!?

スーパーの壁《かべ》から、クリスは少《すこ》しだけ顔《かお》を出《だ》す。人《ひと》が行《い》きかう夕方《ゆうがた》の商店街《しょうてんがい》で、道《みち》の先《さき》へと、じっと目《め》をこらした。

人《ひと》が多《おお》くて探《さが》しにくいわね……あ、見《み》つけた!

少《すこ》しはねた黒《くろ》い髪《かみ》に、青《あお》いシャツ。向《む》かいからやってくる自転車《じてんしゃ》や人《ひと》をよけながら、光一《こういち》が、一人歩《ひとりある》いている。足《あし》どりは少《すこ》し速《はや》いが、ときどきちらりと見《み》える横顔《よこがお》は、落《お》ちついて見《み》える。

……特《とく》に、変《か》わった様子《ようす》はないけれど。

「光一《こういち》、変《へん》な動《うご》きとかしてないかなあ!? そわそわしてたり、緊張《きんちょう》してたり!」

「うーん。いつも通《どお》りじゃない? でも、どこに行《い》くんだろ。商店街《しょうてんがい》は、家《いえ》と反対方向《はんたいほうこう》なのに」

クリスの横《よこ》から、健太《けんた》とすみれがひょこっと顔《かお》を出《だ》す。二人《ふたり》とも、体《からだ》はすっかり壁《かべ》のかげから離《はな》れていて、光一《こういち》が振《ふ》りかえれば丸見《まるみ》えだ。

……その……むしろ目立《めだ》っているっていうか。

スーパーから出《で》てきたおじいさんが、首《くび》をかしげて横《よこ》を通《とお》りすぎていく。クリスは、恥《は》ずかしさで顔《かお》を赤《あか》くしながら、ぽつりと言《い》った。

「……健太《けんた》。徳川《とくがわ》くんが持《も》っていた手紙《てがみ》って、本当《ほんとう》にラブレターだったの……?」

「だって、『〜まで来《こ》い』って、はっきり書《か》いてあったよ!　全部《ぜんぶ》は読《よ》めなかったけど」

「でも、告白《こくはく》のために呼《よ》びだすなら、もっと丁寧《ていねい》な文章《ぶんしょう》にすると思《おも》うけど……」

「たしかに『来《こ》い』じゃ、どっちかっていうと、果《は》たし状《じょう》ってカンジかも」

クリスの言葉《ことば》に、すみれがうんうんとうなずくと、健太《けんた》はぼうっと口《くち》を開《あ》けた。

「そうかなあ。ぼくは果《は》たし状《じょう》をもらったことがないから、わからないけど。和馬《かずま》くんはある?」

光一《こういち》の後《うし》ろ姿《すがた》から目《め》をはなして、健太《けんた》は明《あか》るい声《こえ》で振《ふ》りかえる。三人《にん》から少《すこ》し離《はな》れたところに立《た》っていた和馬《かずま》は、その興味津々《きょうみしんしん》の瞳《ひとみ》を見《み》て、目《め》を細《ほそ》めた。

「……なくもない」

「あっ!　じゃあ、果《は》たし状《じょう》を書《か》いたら、ついにあたしも和馬《かずま》と対決《たいけつ》できる!?」

「断《ことわ》る」

「なーんだ。せっかく夢《ゆめ》のドリームマッチが実現《じつげん》すると思《おも》ったのに」

わたしも、すみれと風早《かぜはや》くんの勝負《しょうぶ》は見《み》てみたいけど……。

〈夢《ゆめ》のドリームマッチ〉って、〈頭痛《ずつう》が痛《いた》い〉みたいになってない？

「その……健太《けんた》。もし告白《こくはく》だったら、追《お》いかけないほうがいいんじゃ……」

「でも、もし果《は》たし状《じょう》だったら、光一《こういち》が危険《きけん》な目《め》にあうかもしれないよ!?」

健太《けんた》が、ここぞとばかりに両手《りょうて》をにぎりしめて、真剣《しんけん》な表情《ひょうじょう》になる。すみれが、道《みち》の先《さき》をうかがいながら、ぺろりと舌《した》を出《だ》して笑《わら》った。

「ま、どっちだったとしても、めちゃくちゃおもしろいし……あっ、お店《みせ》に入《はい》るよ！」

「もしかして、カフェで待《ま》ちあわせとかかなあ!?」

「でも、ここって……」

時計屋《とけいや》さん、よね？

クリスも行《い》ったことがある時計屋《とけいや》のドアを、光一《こういち》は迷《まよ》いなく開《あ》ける。カランカランと入《い》り口《ぐち》の鈴《すず》を鳴《な》らしながら、その向《む》こうへ姿《すがた》を消《け》した。

四人《にん》は、気《き》づかれないように足音《あしおと》を忍《しの》ばせつつ、ショーケース越《ご》しに中《なか》をのぞきこむ。カウンターに寄《よ》りかかった光一《こういち》が時計屋《とけいや》のおじいさんに笑《わら》いかけるのを見《み》て、健太《けんた》があっと声《こえ》を上《あ》げた。

「わかった！　きっと、腕時計《うでどけい》の定期点検《ていきてんけん》だよ。ほら、光一《こういち》は三時間《じかん》に一度《ど》は、絶対眠《ぜったいねむ》っちゃう体質《たいしつ》でしょ？」

「たしかに、徳川《とくがわ》くんにとって時計《とけい》は大切《たいせつ》なものだし、壊《こわ》れたら困《こま》るのはわかるけど……」

そんな理由《りゆう》なら、わたしたちにかくしたりしないんじゃないかしら？

「う〜ん。でも、時計屋《とけいや》さんのおじいさんが、光一《こういち》に『来《こ》い』なんて書《か》いたりしないでしょ」

クリスに同意《どうい》するように、すみれがぽつりと付《つ》けたす。一番後《いちばんうし》ろにいた和馬《かずま》が、長《なが》い指《ゆび》でガラスの向《む》こうを静《しず》かに指《さ》ししめした。

「何《なに》か、受《う》けとっている」

視線《しせん》を戻《もど》すと、ちょうど、光一《こういち》が高級《こうきゅう》そうな小《ちい》さな紙袋《かみぶくろ》を、両手《りょうて》でかかえている。

クリスは、少《すこ》しだけ背伸《せの》びをして紙袋《かみぶくろ》のふちに目《め》をこらす。赤《あか》い色《いろ》が、ちらりとのぞいていた。

すっごくかわいい……あれって、リボン？　箱《はこ》に、ていねいに巻《ま》かれてるみたい。

まるで——。

「もしかして、プレゼント……？」

「プレゼント!?」

健太《けんた》とすみれが、そろって素《す》っとん狂《きょう》な声《こえ》を上《あ》げる。瞬間《しゅんかん》、店《みせ》の中《なか》で光一《こういち》がすばやく、こちらを振《ふ》りかえった。

見《み》つかっちゃう……！

クリスは、あわてて時計屋《とけいや》の壁《かべ》に、さっと身《み》を引《ひ》く。気《き》がつくと、さっきまでガラスにはりついていたすみれは、持《も》ち前《まえ》の運動神経《うんどうしんけい》で、あっという間《ま》にクリスより後《うし》ろに下《さ》がっていた。

「……健太《けんた》と風早《かざはや》くんは？」

「クリスちゃん、ここだよ、ここ」

ひそめた声《こえ》が降《ふ》りそそいで、おそるおそる顔《かお》を上《あ》げる。

時計屋《とけいや》の屋根《やね》の上《うえ》に、渋《しぶ》い顔《かお》の和馬《かずま》が立《た》っている。その横《よこ》で健太《けんた》が楽《たの》しそうに手《て》を振《ふ》っていた。

今《いま》の一瞬《いっしゅん》で、健太《けんた》もいっしょに引《ひ》きあげたってこと……!?

さ、さすが風早《かぜはや》くん……。

すみれに手《て》を引《ひ》かれて、クリスは店《みせ》の暗《くら》い脇道《わきみち》に入《はい》りこむ。カランという鈴《すず》の音《おと》がしたかと思《おも》うと、商店街《しょうてんがい》の通《とお》りを横切《よこぎ》っていく光一《こういち》の姿《すがた》が見《み》えた。

……なんとか、見《み》つからなかった？

そっと顔《かお》を出《だ》すと、光一《こういち》が今度《こんど》は角《かど》にあるレンガづくりの店《みせ》に入《はい》っていく。出入《でい》り口《ぐち》の上《うえ》を見《み》ると、ショートケーキのイラストと、かわいらしい筆記体《ひっきたい》で書《か》かれた店《みせ》の名前《なまえ》が見《み》えた。

「今度《こんど》は、ケーキ屋《や》さん……？」

「あーあ、あたしもケーキ食《た》べたい！　ここのチョコケーキ、すっごくおいしいんだよねえ」

「やっぱり、これも告白《こくはく》に持《も》っていくのかなあ！」

「ど、どうかしら……」

「あっ、光一《こういち》がもう出《で》てくるよ」

すみれの声《こえ》に、クリスは、どきどきする胸《むね》を押《お》さえながら、あわてて電柱《でんちゅう》のかげに入《はい》る。

ええっと、徳川《とくがわ》くんは……。

電柱《でんちゅう》のすぐ後《うし》ろから、和馬《かずま》がそっと通路《つうろ》の反対側《はんたいがわ》を指《ゆび》さす。商店街《しょうてんがい》の中《なか》ほどにある小《ちい》さな花屋《はなや》の前《まえ》で光一《こういち》が立《た》ちどまっていた。

光一《こういち》が、少《すこ》しむすっとした顔《かお》で、店員《てんいん》さんから紙袋《かみぶくろ》を受《う》けとる。ピンクや黄色《きいろ》のかわいらしい花《はな》びらが、あふれそうなくらいぎっしりとつまっていた。

「花《はな》……束《たば》!?」

思《おも》わず、ぽつりとつぶやく。健太《けんた》が、目《め》をらんらんと輝《かがや》かせながら、うわあと大口《おおぐち》を開《あ》けた。

「果《は》たし状《じょう》の待《ま》ち合《あ》わせに花束《はなたば》は持《も》っていかないし、やっぱり告白《こくはく》だよ！」

ここまでくると、告白《こくはく》っていうより、デートみたいだけど……。

とにかく、何《なに》か特別《とくべつ》な用事《ようじ》がありそうなのは、まちがいない。

これ以上《いじょう》、追《お》いかけてもいいのかしら……。

光一《こういち》は、花屋《はなや》を出《で》ると足早《あしばや》に商店街《しょうてんがい》を歩《ある》いていく。その姿《すがた》が細《ほそ》い脇道《わきみち》に消《き》えると、店《みせ》のかげにかくれていた和馬《かずま》が、さっと背《せ》を向《む》けた。

「……オレは帰《かえ》る」

「ええ！　和馬《かずま》くん、ここまで来《き》て帰《かえ》っちゃうの!?」

「見《み》たところ、危険《きけん》なことは何《なに》も起《お》きなそうだ。これ以上《いじょう》は意味《いみ》がないだろう」

「でも、これからおもしろくなりそうなのに――」

キャ――――！

あたりの空気《くうき》を切《き》りさくような悲鳴《ひめい》が聞《き》こえて、四人《にん》は、はっと振《ふ》りむく。

通路《つうろ》の先《さき》で、けたたましい音《おと》を立《た》てたバイクに乗《の》った男《おとこ》が、ピンクのハンドバッグを高々《たかだか》とかかげている。割《わ》れた人垣《ひとがき》の真《ま》ん中《なか》で、買《か》い物袋《ものぶくろ》を持《も》ったおばさんが座《すわ》りこんでいた。

「あのバイク、ひったくりよ……！　わたしの、ハンドバッグが！」

「おばさん、だいじょうぶ？」

すっかり腰《こし》をぬかしたおばさんに、健太《けんた》が心配《しんぱい》そうにかけよる。すみれは、走《はし》りさろうとするバイクを、ぎっとにらみつけた。

「ひったくりなんて、許《ゆる》せない！　あたしたちで追《お》いかけようよ！」

「しかし、捕《つか》まえられない可能性《かのうせい》もある。先《さき》に、警察《けいさつ》を呼《よ》んだほうがいいんじゃないか？」

静《しず》かに言《い》う和馬《かずま》の横《よこ》で、クリスはバイクが消《き》えた先《さき》を見《み》つめると、小《ちい》さく声《こえ》を上《あ》げた。

あっちは……。

「……徳川《とくがわ》くんが歩《ある》いて行《い》った方向《ほうこう》……!?」

「もしかして、光一《こういち》があぶないぃ!?」

健太《けんた》の悲鳴《ひめい》に、すみれが和馬《かずま》にさっと目《め》で合図《あいず》する。二人《ふたり》ならぶように、商店街《しょうてんがい》の路地裏《ろじうら》へ向《む》かって、一目散《いちもくさん》に走《はし》りだした。

すみれは人《ひと》をよけながら、あっという間《ま》に入《い》り口《ぐち》にたどりつく。あわてて路地《ろじ》に飛《と》びこむと、猛《もう》スピードで通路《つうろ》を走《はし》る黒《くろ》いバイクが見《み》える。

その奥《おく》を歩《ある》いているのは——両手《りょうて》に荷物《にもつ》を重《おも》たそうにさげた光一《こういち》だ。

もう、ぶつかる……！

「光一《こういち》、うしろっ！」

「え？」

鋭《するど》く上《あ》げた声《こえ》に、光一《こういち》が振《ふ》りかえる。目《め》の前《まえ》まで迫《せま》っていたバイクに気《き》づいて目《め》をむくと、すばやく体《からだ》をひねってよけた。

「……っ！」

「じゃまだ！」

バイクの男《おとこ》が、光一《こういち》をにらみつけながら道《みち》を抜《ぬ》けていく。

「あぶないな。なんだったんだ、今《いま》の……」

光一《こういち》は、曲《ま》がり角《かど》の向《む》こうへ消《き》えるバイクを見《み》ながら、壁《かべ》に寄《よ》りかかった。

「光一《こういち》、だいじょうぶ!?」

バイクが逃《に》げたほうと反対《はんたい》から、すみれを先頭《せんとう》にみんなが走《はし》ってくる。光一《こういち》は、荷物《にもつ》を地面《じめん》に下《お》ろすと、はっと息《いき》をはいた。

「ありがと。声《こえ》をかけてくれて助《たす》かった」

「光一《こういち》が無事《ぶじ》でよかったよお～……って、なんでぼくたちがいるのに驚《おどろ》かないの!?」

「あれで、気《き》づかれてないと思《おも》ってたのか!?」

健太《けんた》の声《こえ》は思《おも》いっきり響《ひび》いてたし、すみれはほとんど壁《かべ》からはみでてたし。

クリスはおどおどしてて、逆《ぎゃく》に目立《めだ》ってて――。

……和馬《かずま》がいたのは、わからなかったけど。

「そんなことより！」

すみれが、すぐに道《みち》の先《さき》へと走《はし》りだす。さっと光一《こういち》を振《ふ》りかえって、声《こえ》を張《は》りあげた。

「さっきのひったくり犯《はん》が、バッグを奪《うば》っていったの！　あたし、追《お》いかけてくる！」

「でも、犯人《はんにん》はバイクに乗《の》っていたし……遠《とお》くへ逃《に》げられたら……」

クリスが、おどおどとすみれと道《みち》の先《さき》を見《み》くらべる。

なるほどな。ひったくり犯《はん》なら、さっきの危険運転《きけんうんてん》もうなずける。

たしかに、バイクに乗《の》ったひったくり犯《はん》なら、すぐ逃亡《とうぼう》する可能性《かのうせい》もあるけど――。

光一《こういち》は腕《うで》を組《く》んで、あごに手《て》を当《あ》て考《かんが》えこむように、そっと目《め》を閉《と》じた。

ひったくりの手慣《てな》れた様子《ようす》。わずかに見《み》えた、大《おお》きめのハンドバッグ。

——それに、おれたちなら。

「いや……五人《にん》でならまだ間《ま》に合《あ》うかもしれない」

「え⁉」

角《かど》を曲《ま》がる直前《ちょくぜん》で、すみれが足《あし》を止《と》める。光一《こういち》は、ちらりと腕時計《うでどけい》に目《め》を落《お》とした。

「よけたときに見《み》たから、バイクのナンバーも覚《おぼ》えてる。警察《けいさつ》に通報《つうほう》しつつ、おれたちでひったくり犯《はん》を捕《つか》まえよう。もちろん、絶対《ぜったい》に見《み》つけられる保証《ほしょう》はないけど」

「ええ、でも光一《こういち》。待《ま》ちあわせはいいの⁉」

「待《ま》ちあわせって、何《なん》のことだ？」

「あ、あれ？　ぼく、さっきたしかに光一《こういち》あてのラブレターを……」

……は⁉　ラブレターって、何《なん》のことだ⁉

「よくわからないけど、とにかく、その話《はなし》はあとだ」

ちょうど、おれの仮眠《かみん》のタイミングも都合《つごう》がいいし——。

光一《こういち》は、顔《かお》を上《あ》げると四人《にん》の顔《かお》を見回《みまわ》す。真剣《しんけん》な表情《ひょうじょう》で、静《しず》かにうなずいた。

「——世界一《せかいいち》クラブ、作戦開始《さくせんかいし》だ」

★3 捕獲《ほかく》☆大作戦《だいさくせん》！

赤信号《あかしんごう》で、男《おとこ》はしかたなくバイクを一時停止《いちじていし》させる。足元《あしもと》に載《の》せたハンドバッグが落《お》ちないように注意《ちゅうい》しながら、きょろきょろとあたりをうかがった。

子《こ》どもをひきそうになったが、なんとか逃《に》げきれたぞ。あとは、金《かね》をとって家《いえ》に――。

ウウウウー！

ハンドルを切《き》ろうとした瞬間《しゅんかん》、耳《みみ》をつんざくようなサイレンの音《おと》が聞《き》こえて、びくっとする。

姿《すがた》は見《み》えないけれど、かなり近《ちか》い。ごくりとつばを飲《の》みこんだ。

「もうパトカーが来《き》たのか!?」

なんでこんなに早《はや》く？　でも聞《き》きまちがえじゃない。本物《ほんもの》の、パトカーのサイレンだ。

『さきほど、商店街《しょうてんがい》の花屋付近《はなやふきん》の通路《つうろ》で、ひったくりが発生《はっせい》しました！』

サイレンが止《と》まったかと思《おも》うと、拡声器《かくせいき》を通《とお》したような大《おお》きな声《こえ》が、あたりに響《ひび》きわたる。近《ちか》くで横断歩道《おうだんほどう》を渡《わた》っていた人《ひと》たちが、はっと顔《かお》を上《あ》げた。

『犯人《はんにん》は、ピンク色《いろ》のハンドバッグを奪《うば》って、黒《くろ》い原付《げんつき》のバイクで逃走《とうそう》しています！　見《み》かけたら、すぐに警察《けいさつ》へ通報《つうほう》してください！　ナンバーは、三ツ谷《みや》　ぬ　12──……』

まちがいない。このバイクのナンバーだ！　すぐに逃《に》げたから見《み》られてないと思《おも》ったが、だれかが覚《おぼ》えてやがったのか。

……さっきの音《おと》は、右方向《みぎほうこう》からだったよな。

男《おとこ》は、信号《しんごう》が変《か》わるとすぐに、バイクのハンドルを左《ひだり》へ切《き》る。思《おも》いっきりレバーをひねって、加速《かそく》した。怪《あや》しまれない程度《ていど》の速度《そくど》で、住宅街《じゅうたくがい》に入《はい》る。

「たしか、ここらへんに駐車場《ちゅうしゃじょう》が……あった！」

ちらほらと停《と》まった車《くるま》を横目《よこめ》に、バイクに乗《の》ったまま駐車場《ちゅうしゃじょう》へ入《はい》りこむ。空《あ》いたスペースにゆっくりとバイクを停止《ていし》させると、足元《あしもと》のハンドバッグを持《も》ちあげて、にやりと笑《わら》った。

このあたりまで来《く》れば、だいじょうぶなはずだ。さっさと、金《かね》を抜《ぬ》きとって……。

ガサッ

だ、だれかいる!?

緊張《きんちょう》しながら振《ふ》りむくと、駐車場《ちゅうしゃじょう》の横《よこ》の道《みち》を二人《ふたり》ならんで歩《ある》く子《こ》どもが目《め》に飛《と》びこんでくる。

男《おとこ》の子《こ》が、両手《りょうて》にたくさんの荷物《にもつ》をさげているのが見《み》えた。

ただの、荷物《にもつ》の音《おと》か……びっくりさせるなよ。

一瞬《いっしゅん》、目《め》が合《あ》ったものの、男《おとこ》の子《こ》は道《みち》の先《さき》に視線《しせん》を戻《もど》して、ゆったりと歩《ある》いていく。ほっとして背《せ》を向《む》けた瞬間《しゅんかん》、今度《こんど》は、どしんと大《おお》きな音《おと》がした。

「きゃあ！」

反射的《はんしゃてき》に振《ふ》りむくと、道《みち》の真《ま》ん中《なか》にさっきの男《おとこ》の子《こ》が倒《たお》れこんでいる。女《おんな》の子《こ》が男《おとこ》の子《こ》の肩《かた》を大《おお》きく揺《ゆ》すっていた。

「だいじょうぶ!?　しっかりして！」

「なっ……！」

た、倒《たお》れた!?

うろたえていると、女《おんな》の子《こ》が顔《かお》をぱっと上《あ》げる。一瞬《いっしゅん》目《め》が合《あ》ったかと思《おも》ったときには、その場《ば》にすばやく立《た》ちあがって、栗色《くりいろ》の長《なが》い髪《かみ》を揺《ゆ》らしながらこちらに走《はし》りだした。

さっきは男《おとこ》の子《こ》のかげで気《き》がつかなかったけれど——。

とんでもない、美少女《びしょうじょ》じゃないか!?

思《おも》わず視線《しせん》を引《ひ》きよせられる。女《おんな》の子《こ》は、真剣《しんけん》な顔《かお》でこちらを見《み》あげると、切羽《せっぱ》つまった声《こえ》で、はっきりと言《い》った。

「すみません！　友達《ともだち》の男《おとこ》の子《こ》が倒《たお》れてしまって。運《はこ》ぶのを、手伝《てつだ》ってもらえませんか!?」

「えっ、でも」

「どうか、お願《ねが》いします！」

女《おんな》の子《こ》の真剣《しんけん》な、迫力《はくりょく》のある瞳《ひとみ》にじっと見《み》つめられると、雰囲気《ふんいき》にのまれてしまう。

男《おとこ》はついうなずくと、バッグを置《お》いて男《おとこ》の子《こ》に近《ちか》づく。そっと顔《かお》をのぞきこんだ。

男《おとこ》の子《こ》は顔色《かおいろ》も悪《わる》くないし、呼吸《こきゅう》も静《しず》かだ。でも、まったく目《め》を覚《さ》ましそうにない。

しかたなく男《おとこ》の子《こ》を抱《かか》えあげて、道路《どうろ》の端《はし》に横《よこ》たえた。

だいぶ、時間《じかん》をとられたぞ。早《はや》くしないとっ……。

「あ、あとはだいじょうぶだね？　じゃあ……」

女《おんな》の子《こ》の視線《しせん》から逃《のが》れるように、後《あと》ずさりながら走《はし》りだす。バイクに飛《と》びのろうとした瞬間《しゅんかん》、上《うえ》から飛《と》びだした何《なに》かが、びゅっと視界《しかい》のはしをかすめた。

「なっ……縄《なわ》ぁ!?」

勢《いきお》いよく飛《と》んできた二本《ほん》の縄《なわ》が、バイクの鍵《かぎ》とハンドバッグをからめとっていく。跳《と》びつこうとした瞬間《しゅんかん》には、その二つはあっという間《ま》に頭上《ずじょう》はるか高《たか》くへと上昇《じょうしょう》していた。

「ああっ、オレのバッグが！」

駐車場裏《ちゅうしゃじょううら》のビルの屋上《おくじょう》まで跳《は》ねあがったバッグと鍵《かぎ》が、縄《なわ》を操《あやつ》る人影《ひとかげ》の手《て》にすとんと収《おさ》まる。

黒《くろ》っぽい服《ふく》の背《せ》が高《たか》い——少年《しょうねん》か？

一瞬《いっしゅん》、その切《き》れ長《なが》の瞳《ひとみ》と目《め》が合《あ》う。見《み》おろしてくる鋭《するど》い視線《しせん》に、男《おとこ》は思《おも》わず息《いき》をのんだ。

「ひっ」

「悪《わる》いけど、逃《に》げられないように鍵《かぎ》は抜《ぬ》かせてもらった」

作戦《さくせん》は、うまく進《すす》んだみたいだな。まだ……ちょっと眠《ねむ》いけど。

光一《こういち》は、背後《はいご》から男《おとこ》に声《こえ》をかけながら、横《よこ》たえられた道路《どうろ》から身《み》を起《お》こす。クリスを背《せ》にかばいながら、ゆっくりと立《た》ちあがった。

「ひったくり犯《はん》にもいろいろいるけど、基本的《きほんてき》にバッグをそのまま持《も》ちかえることはない。犯行《はんこう》の証拠《しょうこ》になるからな。バイクを停《と》めていても疑《うたが》われない駐車場《ちゅうしゃじょう》なんかで中身《なかみ》を物色《ぶっしょく》して、盗《ぬす》むもの以外《いがい》は捨《す》てていく」

服《ふく》についた砂《すな》を軽《かる》くはらいながら、驚《おどろ》きで固《かた》まった男《おとこ》をにらみつける。にっと、不敵《ふてき》に笑《わら》った。

「だから、すぐに遠《とお》くまで逃《に》げるとはかぎらない。あんたもそういうタイプで、助《たす》かった」

「さっき突然倒《とつぜんたお》れたのは、オレを足止《あしど》めするための演技《えんぎ》か！　うまいことやりやがって」

「残念《ざんねん》だけど、演技《えんぎ》じゃやない。演技《えんぎ》だったら、あんなに簡単《かんたん》に引《ひ》っかからないだろ」

何《なに》せ、本当《ほんとう》にどんなときでも寝《ね》てしまうから、おれも、この体質《たいしつ》にはちょっと困《こま》ってる。

でも、ときどきすごく役《やく》に立《た》つんだよな。

「とにかく、おじさんはもう完全《かんぜん》にホーイされてるワケ」

すみれが、声《こえ》を上《あ》げながら、マンションのかげから、ひょいと飛《と》びだす。光一《こういち》も、それに合《あ》わせて、はさみうちにするように距離《きょり》をつめた。

「さっきのパトカーの音《おと》は声《こえ》まねのニセモノだけど、すぐに本物《ほんもの》の警察《けいさつ》がやってくる。もう袋《ふくろ》のねずみだ。大人《おとな》しく、捕《つか》まったほうが身《み》のため——」

「えっ、光一《こういち》なんて？　フクロウのねずみ？」

「〈袋《ふくろ》のねずみ〉！　袋《ふくろ》につめこまれたねずみには、もう逃《に》げ道《みち》がないって意味《いみ》だ！」

「なるほどね。袋《ふくろ》のねずみ、袋《ふくろ》のねずみ、と。十

回《かい》くらい言《い》えば、覚《おぼ》えられるかも」

ああもう、緊張感《きんちょうかん》がない！

「ふざけやがって！」

男《おとこ》が、歯《は》がみしながら光一《こういち》とすみれを見《み》くらべる。指折《ゆびお》り数《かぞ》えながらぶつぶつとつぶやいているすみれに向《む》かって、突然《とつぜん》、走《はし》りだした。

「どけえぇっ！」

男《おとこ》の声《こえ》に、すみれが、はっと顔《かお》を上《あ》げる。けれど、驚《おどろ》いた表情《ひょうじょう》は一瞬《いっしゅん》で、すぐににんまりと笑《わら》いながら、円《つぶ》らな瞳《ひとみ》をきらりと光《ひか》らせた。

あーあ。すみれのほうが小柄《こがら》だから、と思《おも》ったんだろうけど。

すみれが、男《おとこ》へ向《む》かって自分《じぶん》も走《はし》りこむ。まさか向《む》かってくると思《おも》っていなかった男《おとこ》が目《め》を丸《まる》くするうちに、そのえりとそで口《ぐち》を、瞬時《しゅんじ》につかんだ。

「そんなこと言《い》われたくらいで、どくわけないじゃん！」

すみれが、右手《みぎて》にぐっと力《ちから》を込《こ》めて、男《おとこ》の体《からだ》を引《ひ》きあげる。同時《どうじ》に突《つ》きだしていた右足《みぎあし》を振《ふ》りあげた瞬間《しゅんかん》、男《おとこ》の体《からだ》が後《うし》ろにふわりと浮《う》きあがった。

「おおおおっ!?」

ドーン！

「みんな！　警察《けいさつ》の人《ひと》、呼《よ》んできたよ!?」

「きみたち、だいじょうぶか！」

重々《おもおも》しい音《おと》があたりに響《ひび》くと同時《どうじ》に、健太《けんた》と巡回中《じゅんかいちゅう》の警察官《けいさつかん》が駐車場《ちゅうしゃじょう》に駆《か》けこんでくる。若《わか》い警察官《けいさつかん》は、すみれの足元《あしもと》に仰向《あおむ》けに倒《たお》れた男《おとこ》を見《み》て、顔《かお》を引《ひ》きつらせた。

「ええっと……この男《おとこ》が、ひったくり犯《はん》……かい？」

「ええ、まあ……」

まず、健太《けんた》がパトカーの声《こえ》まねで犯人《はんにん》の行動範囲《こうどうはんい》をしぼる。おれが仮眠《かみん》をとるタイミングを利用《りよう》してクリスが犯人《はんにん》の気《き》を引《ひ》き、そのすきに和馬《かずま》がバッグと逃亡手段《とうぼうしゅだん》を奪《うば》う。最後《さいご》に、おれとすみれで追《お》いつめる――って作戦《さくせん》だったけど。

近《ちか》づいてきた若《わか》い警察官《けいさつかん》といっしょに、光一《こういち》は、おそるおそる男《おとこ》の顔《かお》をのぞきこむ。ひったくり犯《はん》の男《おとこ》はすっかりのびきって、ぱったりと力《ちから》をなくしていた。

……だから、大人《おとな》しく捕《つか》まったほうが身《み》のためだって言《い》ったのに。

「大外刈《おおそとが》り、一本《いっぽん》！」

スカッとした顔《かお》で、すみれが空《そら》に向《む》かって人《ひと》さし指《ゆび》を突《つ》きあげた。

4 ふたつのヒミツ

「それで、結局《けっきょく》、光一《こういち》の用事《ようじ》はなんだったの!?」

やってきた警察《けいさつ》に男《おとこ》を引《ひ》きわたしたあと。

移動《いどう》した公園《こうえん》のど真《ま》ん中《なか》で、健太《けんた》が両手《りょうて》をにぎりながら、ぐっと光一《こういち》へ身《み》を乗《の》りだす。光一《こういち》は、ため息《いき》をつきながら顔《かお》をしかめると、手《て》に持《も》った花束《はなたば》の袋《ふくろ》を軽《かる》く持《も》ちなおした。

あんまり言《い》いたくなかったんだけど。

「……今日《きょう》は、母《かあ》さんの誕生日《たんじょうび》なんだ。本当《ほんとう》は、父《とう》さんも休暇《きゅうか》をとってアメリカから帰《かえ》ってくる予定《よてい》だったんだけど、結局《けっきょく》仕事《しごと》になって。父《とう》さんが頼《たの》んでおいたプレゼントとかケーキを、おれが代《か》わりに受《う》けとって回《まわ》ってたんだ」

「でも、光一《こういち》はだれかに呼《よ》びだされてたんじゃない!? だって、手紙《てがみ》が……」

健太《けんた》が、あわあわと口《くち》ごもりながら、光一《こういち》とみんなの顔《かお》を見《み》くらべる。

ああ、さっきの手紙《てがみ》のことか。でも、呼《よ》びだしの文面《ぶんめん》なんてないはず――。

もしかして。

「これのことか？」

光一《こういち》が手紙《てがみ》を差《さ》しだすと、健太《けんた》はぱっと明《あか》るく笑《わら》う。手早《てばや》く開《ひら》いて、ぐっと顔《かお》を近《ちか》づけた。

帰《かえ》りにおつかいをお願《ねが》い。
わたしは家《いえ》でごはんの
準備《じゅんび》をすすめるけれど、
荷物《にもつ》が重《おも》かったり、
眠《ねむ》りそうになったりしたら、
まよわず連絡《れんらく》してね。
でも、お父《とう》さんが急《きゅう》な仕事《しごと》で
来《こ》られなくて残念《ざんねん》。
いつもお手伝《てつだ》いありがとう。
久美《くみ》

「え〜っと、あれ？　さっきは呼《よ》びだしの手紙《てがみ》だったのに!?」

「健太《けんた》は、見《み》えた部分《ぶぶん》を縦読《たてよ》みしたんだろ。たまたま、最後《さいご》が『まで来《こ》い』って読《よ》めるから」

光一《こういち》が縦《たて》に指《ゆび》を差《さ》す。のぞきこんだクリスが、あっと、小《ちい》さく口《くち》を開《あ》けた。

「じゃあ、全部《ぜんぶ》……健太《けんた》の早《はや》とちりってこと？」

「えええ〜!? そんなあ……」

健太《けんた》が、頭《あたま》を抱《かか》えてへなへなと座《すわ》りこむ。すみれが、首《くび》をすくめながら顔《かお》をしかめた。

「でも、それなら最初《さいしょ》から言《い》ってくれればよかったのに」

「……別《べつ》にいいだろ」

派手《はで》な花束《はなたば》やプレゼントを持《も》っているのを見《み》られるのが恥《は》ずかしいとは、ちょっと言《い》いにくい。本人《ほんにん》は帰《かえ》ってこないくせに、準備《じゅんび》にばっかり力《ちから》を入《い》れるから――全部《ぜんぶ》、父《とう》さんのせいだ。

思《おも》わずむっとした顔《かお》になると、座《すわ》りこんでいた健太《けんた》があわてて立《た》ちあがる。光一《こういち》に向《む》かって、拝《おが》むように両手《りょうて》を合《あ》わせた。

「光一《こういち》! あの、みんなは悪《わる》くなくて。ぼくが勝手《かって》に勘違《かんちが》いしちゃって!」

「でも、わたしたちも止《と》めなかったし……」

クリスとすみれも、申《もう》し訳《わけ》なさそうにうつむく。黙《だま》りこんだ四人《にん》を見《み》て、光一《こういち》は、頭《あたま》をかいた。

まったく、みんなけっこう、やじ馬《うま》だよな……でも。

「……いいよ。おれも、ちゃんと説明《せつめい》しなかったから」

それに、いちおうだけど、みんなおれのことを心配《しんぱい》してくれたみたいだし。

ひったくり犯《はん》がバイクで走《はし》ってきたとき、みんなが声《こえ》をかけてくれなかったら、ケーキも花《はな》も、全部《ぜんぶ》ダメになってた。

なんだかんだいって──みんながいて、よかった。

「とにかく、ここで立《た》っててもしょうがない。うちに行《い》こう」

「なんで、光一《こういち》の家《いえ》なんだ？」

和馬《かずま》が、いぶかしそうに眉《まゆ》を寄《よ》せる。光一《こういち》が、和馬《かずま》の手元《てもと》を指《ゆび》さすと、身軽《みがる》に近《ちか》づいたすみれが、和馬《かずま》の持《も》った箱《はこ》を開《あ》けて中《なか》をのぞきこんだ。

「あ、ケーキだ！　チョコに、タルトに、チーズケーキに……って、あれ、数《かず》が多《おお》くない？」

「みんながつけてきてるのに気《き》づいて、多《おお》めに買《か》っておいたんだ。今日《きょう》は全員《ぜんいん》ヒマそうだし、うちに集《あつ》まろう。そのほうが、母《かあ》さんも喜《よろこ》ぶし、どうせこのままだと料理《りょうり》も余《あま》るしな」

「おじゃましても……いいの？」

「あっ、じゃあぼく、せっかくだから手品《てじな》しよっかなあ！　誕生日《たんじょうび》スペシャルバージョンで！」

健太《けんた》が、先走《さきばし》って突然紙吹雪《とつぜんかみふぶき》をまきちらしだす。ケーキを見《み》つめていたすみれが、よだれをたらしそうな顔《かお》で、うっとりと宙《ちゅう》を見上《みあ》げた。

「わーい、久美《くみ》さんの料理《りょうり》にケーキ！　あたし、さっきので、ちょうどお腹《なか》が空《す》いたんだ」

「でも今日《きょう》は放課後《ほうかご》の練習《れんしゅう》をしてないだろ。いつもどおり食《た》べたら、絶対《ぜったい》カロリーオーバ──」

「こ〜う〜い〜ち〜!」

げっ、つい口《くち》がすべった!

「和馬《かずま》、パス!」

光一《こういち》は、和馬《かずま》に向《む》かって花束《はなたば》を放《ほう》りなげる。和馬《かずま》が音《おと》もなくキャッチするのを確認《かくにん》した瞬間《しゅんかん》、目《め》の前《まえ》に飛《と》びこんできた戦闘態勢《せんとうたいせい》のすみれに、えりとそでをつかまれた。

あっという間《ま》に、体《からだ》が浮《う》きあがる。すみれの上《うえ》を軽々《かるがる》飛《と》びこえて――。

目《め》の前《まえ》は、もう地面《じめん》だ。

ドシーン!

「釣《つ》りこみ腰《ごし》、一本《いっぽん》!」

すみれが、人差《ひとさ》し指《ゆび》を突《つ》きあげて高《たか》らかに言《い》う。

ああもう、とんだ放課後《ほうかご》だ!

おれたち世界一《せかいいち》クラブの毎日《まいにち》は、これからも、きっと事件《じけん》ばかりにちがいない。

作戦終了《さくせんしゅうりょう》

スイッチ!
恋《こい》もホラーも
お断《ことわ》り!!
深海《ふかみ》ゆずは
絵《え》／加々見絵里《かがみえり》

スイッチ！の紹介《しょうかい》!!
『スイッチ！』のことを紹介《しょうかい》いたします！
日々野《ひびの》まつり
12歳《さい》の中学《ちゅうがく》1年生《ねんせい》。女《おんな》の子《こ》が大好《だいす》き。
私《わたし》は、芸能学園《げいのうがくえん》・四《よ》ツ葉《ば》学園《がくえん》のマネージメント科《か》に入《はい》ったのですが、とつぜん……
日々野《ひびの》さん、よろしくね
斉賀《さいが》しずる
イケメンの校長先生《こうちょうせんせい》。伝説《でんせつ》のアイドル。今回《こんかい》は出番《でばん》なし！
問題児《もんだいじ》たちのマネージャーになってしまいました!!
男子《だんし》なんて嫌《きら》いなのになんでこんなことに!!
藤原《ふじわら》レン
無口《むくち》で無愛想《ぶあいそう》だけど、イケメンの御曹司《おんぞうし》。
小笠原和月《おがさわらわつき》
みんなを仕切《しき》れるタイプ。でも怒《おこ》らせると怖《こわ》い。
谷口翼《たにぐちつばさ》
一見明《いっけんあか》るい性格《せいかく》。でも、その性格《せいかく》はテレビだけの演技《えんぎ》らしい。

1 イケメンなんて大嫌《だいきら》い！

断言《だんげん》しましょう。この世《よ》に男子《だんし》は、必要《ひつよう》ありません。

とくに私《わたし》のかわいい、かわいい乙女《おとめ》たちをたぶらかす、にっくきイケメンたち！

あなたたちは、全員滅《ぜんいんほろ》びてしまえばいいのに。

そんなことを日々《ひび》、本気《ほんき》で考《かんが》える——**日々野《ひびの》まつり**。12歳《さい》。

日本一《にほんいち》の芸能人《げいのうじん》たちを育《そだ》てる『**四《よ》ツ葉《ば》学園《がくえん》**』マネージメント科《か》の中学《ちゅうがく》1年生《ねんせい》です。

好物《こうぶつ》は美少女《びしょうじょ》！（あ、プリプリホッペだとしても、食《た》べられませんね！）

お気《き》に入《い》りの場所《ばしょ》は、美少女《びしょうじょ》が集《つど》うコンサート会場《かいじょう》！（美《び》の楽園《らくえん》です！）

好《す》きなものは——美少女《びしょうじょ》！（もはや言《い》うまでもありませんっ！）

……と、いう感《かん》じなのですが……。

あ、あれ？　なんか引《ひ》いてます？　お願《ねが》いします。逃《に》げないでください——っ。

2 ホラーな仕《し》事《ごと》は、ノーサンキュー!?

「……うげっ。なんですか、この地獄絵図《じごくえず》は……」

ここは**黒猫館《くろねこかん》**、４０２号室《ごうしつ》。

日本一《にほんいち》の芸能学園内《げいのうがくえんない》にある寮《りょう》の一室《いっしつ》。

リビングに置《お》かれているテレビの大画面《だいがめん》を見《み》つめながら、吐《は》き気《け》をこらえて口元《くちもと》を押《お》さえる。

大画面《だいがめん》に映《うつ》しだされているのは――。

イケメン！　イケメン！　I《イ》・KE《ケ》・ME《メ》・N《ン》の嵐《あらし》！

私《わたし》には理解不能《りかいふのう》ですが、日本中《にほんじゅう》の女子《じょし》たちがキャーキャー言《い》いそうな、キラキラ男子《だんし》たちで画面《がめん》はうめつくされている。

オエー……。本当《ほんとう》に気持《きも》ち悪《わる》い……。

「えずくな変態《へんたい》！」

バチーン！　と頭《あたま》をはたかれ、私《わたし》はギャッと悲鳴《ひめい》をあげる。

「うわっ。諸悪《しょあく》の根源《こんげん》！　悪霊退散《あくりょうたいさん》！」

「**ぬぁにが、諸悪《しょあく》の根源《こんげん》で、悪霊退散《あくりょうたいさん》だあああああっ！**」

テレビ画面《がめん》に映《うつ》しだされているイケメンたちよりも、ダントツで美《うつく》しい顔《かお》！

彼《かれ》の名前《なまえ》は、**藤原《ふじわら》レンさん**。

ひょんなことから私《わたし》が受《う》け持《も》つことになってしまった、アイドルグループ『**ジョーカー**』のメンバーのひとり。

イケメン御曹司《おんぞうし》ということもあって……。

目《め》があっただけで恋《こい》に落《お》ちる女子《じょし》が続出《ぞくしゅつ》する危険人物《きけんじんぶつ》です！

黒髪《くろかみ》クールなイケメンですが、実《じつ》はクシャミをすると『**女《おんな》の子《こ》**』に変身《へんしん》しちゃう呪《のろ》いがかけられていて、私《わたし》とレンさんには過去《かこ》にただならぬ因縁《いんねん》があったりします（ヒミツですよ）。

子《こ》どものころに大好《だいす》きな『**ストロベリージャム**』のコンサートで、女《おんな》の子《こ》のすがただったレンさんに会《あ》い、私《わたし》は四《よ》ツ葉学園《ばがくえん》に入学《にゅうがく》することを決《き》めたんですよね……。

「……本当《ほんとう》に気持《きも》ち悪《わる》い……吐《は》きそう……で……す」

「――今度《こんど》やったら、本当《ほんとう》にこの地球《ちきゅう》から抹殺《まっさつ》するからな」

レンさんの声《こえ》は、怒《いか》りを最大級《さいだいきゅう》にはらんでいて、私《わたし》はあわてて口《くち》を手《て》で押《お》さえる。

「女《おんな》の子《こ》をはたくなんて野蛮《やばん》。最低《さいてい》だよねー☆　ポチ子《こ》♪」

背後《はいご》から両手《りょうて》が伸《の》びてきて、ギュッと私《わたし》をホールドする。

「ぎゃあああああああああああっ！　うしろから抱《だ》きしめないでくださいいいっ！」

「ポチ子《こ》ったら、顔《かお》を真《ま》っ赤《か》にして♪　か・わ・い・い♪」

耳元《みみもと》でささやかれ、今度《こんど》は青《あお》ざめてくる。

彼《かれ》は**谷口翼《たにぐちつばさ》さん**。

レンさんと同《おな》じく『ジョーカー』のメンバーのひとりで、演技力《えんぎりょく》がばつぐん。

キュートな笑顔《えがお》で懐《ふところ》に飛《と》びこんでくるんですが……。

それすら演技《えんぎ》だったりするときも多《おお》いようで、まったくあなどれません。

私《わたし》のことを『ポチ子《こ》』と呼《よ》ぶのは、むかし飼《か》っていたワンちゃんさんに似《に》ているからなんですって（そのワンちゃんさんがブサカワイイとレンさんたちに笑《わら》われましたっけ……）。

「こらこら、まつりちゃんがいやがってるじゃないか」

そう言《い》って私《わたし》の手《て》を取《と》り、甲《こう》に軽《かる》くキスをするのは、**小笠原和月《おがさわらわつき》さん**。

和月《わつき》さんはすでに『GO《ゴー》 GO《ゴー》！ スクール！』という大人気番組《だいにんきばんぐみ》の司会《しかい》をやっているなど、いろいろな才能《さいのう》があるかたなんです（あ！ 校長先生《こうちょうせんせい》の弟《おとうと》さんでもありました！）。

「ひ――――っ！ 我《わ》が右手《みぎて》を除菌《じょきん》！ 除菌《じょきん》してくださいいいいいっ！」

「和月《わつき》！ なにしてるんだ！」

レンさんが和月《わつき》さんをにらみつけると、和月《わつき》さんは貴公子《きこうし》のような笑《え》みを浮《う》かべる。

「えー、お姫様《ひめさま》をむかえにきた王子様《おうじさま》って設定《せってい》だったんだけど？」

「和月《わつき》みたいな恐怖《きょうふ》の大王《だいおう》が王子様《おうじさま》なんて、ポチ子《こ》がかわいそうだよ！」

「笑顔《えがお》の下《した》が真《ま》っ黒《くろ》なオマエでも、かわいそうだと思《おも》うけど？」

力説《りきせつ》する翼《つばさ》さんに向《む》かいレンさんがボソリとつぶやく。

「は？ ちょっと人気《にんき》があるからってつけあがるなよ。オマエみたいな心《こころ》の機微《きび》にうといようなヤツが一番《いちばん》ポチ子《こ》を幸《しあわ》せにできないと思《おも》うけど？」

「ケンカはやめてくださいい――――っ！」

部屋《へや》にあふれる剣呑《けんのん》な空気《くうき》にたえかねて、大《おお》きな声《こえ》で叫《さけ》ぶと――。

『この秋《あき》！ 新《あら》たな体験《たいけん》が君《きみ》を待《ま》ってる！ パラレル、パラレル、パラレルランドー♪』

テレビから流《なが》れるCM《シーエム》では、ゆるキャラがマラカスをふって踊《おど》りくるうすがたが……。

「――さ、さてと。そろそろテレビはおしまいにしましょうか。はは、あははは」

私《わたし》がそそくさとリモコンを手《て》にとり、パチンとスイッチを切《き》ると――。

3人《にん》がジトッとしたまなざしで、私《わたし》を見《み》つめているではあーりませんかっ！

「まつりちゃん。いま、俺《おれ》たちになにか隠《かく》そうとしなかった？」

「か……かっ、かかか、隠《かく》し事《ごと》なんて！　そんなの、あるわけないじゃないですかっ！　ひひひ」

「――めちゃくちゃあやしいだろ」

そう言《い》ってレンさんが疑惑《ぎわく》のまなざしを向《む》けてくる。

「まつりちゃん、**『パラレルランド』**になにかよからぬ覚《おぼ》えでもあるの？」

「う……ういぇええ？　ありませんけどっ。痛《いた》っ」

ギャー！　あせりすぎて舌《した》をかんじゃいました。

「『パラレルランド』ってさ。『日本一怖《にほんいちこわ》い遊園地《ゆうえんち》』とし

て売《う》りだすんだよねぇ♪」

翼《つばさ》さんが無邪気《むじゃき》な笑顔《えがお》をこちらに向《む》けてくる。

「へ……へぇ。そうなんですね」

わー、ぜーんぜん、知《し》らなかったなぁ。翼《つばさ》さんてば、物知《ものし》りなんですねー。

私《わたし》が壊《こわ》れた人形《にんぎょう》のように笑《わら》うと、

「もー☆ ポチ子《こ》ってば♪ ちゃーんと知《し》ってるくせにぃ」

と、翼《つばさ》さんは肘《ひじ》で私《わたし》の腕《うで》をつつく。

「へ？ わ……わたくしが、なにを知《し》ってるとおっしゃるんですたい？」

「──オマエ、あせりすぎて日本語《にほんご》おかしいぞ」

大《おお》きな手《て》で自分《じぶん》の額《ひたい》を押《お》さえるレンさんの横《よこ》では、

「いやっ、むしろちょっとツボかも。ぶっ、クフフフフ」

と、和月《わつき》さんがククク と笑《わら》いつづけている。

「ま。日本一怖《にほんいちこわ》い遊園地《ゆうえんち》だろうがなんだろうが、俺《おれ》には興味《きょうみ》ない話《はなし》だけどな」

キラーン！

レンさんの言葉《ことば》をとらえ、私《わたし》は目《め》をかがやかせる。

「ですよねっ！　そうおっしゃってくださると思《おも》っていました！　私《わたし》もみなさんごときには関係《かんけい》ないと！」

「もしもーし、マネージャーさん。『ごとき』の使《つか》い方《かた》まちがってますよ？」

和月《わつき》さんが顔《かお》を引《ひ》きつらせながら指摘《してき》する。

「失礼《しつれい》いたしました。『ジョーカー』のみなさんには遊園地《ゆうえんち》など、子《こ》どもだましすぎます！　それに炎天下《えんてんか》のロケなんて過酷《かこく》なこと、みなさんは嫌《きら》いでしょうし」

「げー。たしかに炎天下《えんてんか》のロケは本気《ほんき》で勘弁《かんべん》だわ」

翼《つばさ》さんが眉《まゆ》をひそめると、和月《わつき》さんはパチンと指《ゆび》をならす。

「どうせなら、インスタ映《ば》えしそうなナイトプールがいいなぁ」

「ですよね！　そうですよね！」

ね、ね☆

だから、『パラレルランド』の話題《わだい》なんて、とっとと終《お》わらせちゃいましょうＹｏ《ヨ》！

「**――って、普段《ふだん》なら言《い》うけどね**」

「へ？」

「僕《ぼく》たち全力《ぜんりょく》でやるよ。その仕事《しごと》」

「あ……、あの、おっしゃる意味《いみ》がよくわからなくて……」

「とぼけるな。『パラレルランド』の密着取材《みっちゃくしゅざい》の話《はなし》、こっちはちゃーんとお見通《みとお》しだ」

企画書《きかくしょ》で頭《あたま》をペチペチと叩《たた》かれ、私《わたし》は怒《いか》りと恥《は》ずかしさで顔《かお》が熱《あつ》くなる。

「なっ！　知《し》ってたなら――どうしてもっと早《はや》く言《い》ってくれないんですか!?」

「「(からかうのが)**楽《たの》しいから♪**」」

Ｏ《オ》・Ｎ《ニ》Ｉ！

「ま、おおかたまつりちゃん、幽霊《ゆうれい》とか苦手《にがて》なんでしょ。やー☆　楽《たの》しみだなー。いやがるまつりちゃんを見《み》るの☆」

和月《わつき》さんの言葉《ことば》に、翼《つばさ》さんまでも大《おお》きくうなずく。

「泣《な》いちゃうかもね☆　腰《こし》が抜《ぬ》けたらおぶって帰《かえ》ってあげるから安心《あんしん》して」

むしろ、絶対《ぜったい》にノーサンキュー！

「俺《おれ》たちに隠《かく》し事《ごと》をしようだなんて、１００万年早《まんねんはや》い。ばーか」

とどめのレンさんの言葉《ことば》と、悪代官《あくだいかん》のように邪悪《じゃあく》な笑《え》みを浮《う》かべた３人組《にんぐみ》。

ううっ、だから男《おとこ》の子《こ》なんて大嫌《だいきら》いなんです。

おびえたように彼《かれ》らを見《み》ていた私《わたし》は、力《ちから》なく膝《ひざ》から崩《くず》れ落《お》ちるのでありました。

３ とっと、お帰《かえ》りください！

「『ジョーカー』のマネージャーの日々野《ひびの》です。本日《ほんじつ》はよろしくお願《ねが》いいたします！」

本日快晴《ほんじつかいせい》。

今日《きょう》はマネージャーのお仕事《しごと》で、早朝《そうちょう》から『パラレルランド』に来《き》ています。

私《わたし》はスタッフの皆様《みなさま》に向《む》かい、勢《いきお》いよく頭《あたま》を下《さ》げる。

「日々野《ひびの》さん。とりあえず今日《きょう》は、撮影場所《さつえいばしょ》の確認《かくにん》って言《い》ったと思《おも》うんだけど……」

「はい。『**ロケハン**』ですよね！　存《ぞん》じております！」

ロケハンとは、撮影前《さつえいまえ》に撮影《さつえい》スポットをスタッフたちで下見《したみ》することだ。

「わかってるよね？　じゃあどうして……」

「おっはようございまーす☆」

「今日《きょう》はよろしくお願《ねが》いします」

翼《つばさ》さんと和月《わつき》さんのあいさつのあとに、レンさんが小《ちい》さく頭《あたま》を下《さ》げる。

げ。うげげげー―っ！

「なんで……なんで、みなさんが、ここにいらっしゃるんですかあああああっ!?」

「「「**おもしろいから♪**」」」

またもや凶悪《きょうあく》な笑《え》みでほほえまれ、私《わたし》はクラッと目《め》まいがする。

いつもは遅刻《ちこく》の常習犯《じょうしゅうはん》。ドタキャンは当《あ》たり前《まえ》！（私《わたし》は関係者《かんけいしゃ》に土下座行脚《どげざあんぎゃ》の日々《ひび》……）

そんな彼《かれ》らが頼《たの》まれもしないのに、自《みずか》ら進《すす》んで早朝《そうちょう》ロケハンに来《く》るなんて――。

気持《きも》ち悪《わる》い……ではなく、絶対《ぜったい》になにかよからぬことを企《たくら》んでるにちがいありません！

「ハウス！　みなさんは用《よう》なしなので、お帰《かえ》りください！　しっしっし！」

3人《にん》に向《む》かい鬼《おに》の形相《ぎょうそう》で手《て》をはらうと……。

「あのマネージャー……タレントに向《む》かって『ハウス』って言《い》わなかったかっ!?」

「『ジョーカー』相手《あいて》に……。ああ見《み》えて、怖《こわ》い人《ひと》なんだろうな」

「切《き》れたら、棒《ぼう》とか振《ふ》りまわすのかも……」

スタッフたちが青《あお》ざめながら、ヒソヒソとささやきあう。

な……なんだか誤解《ごかい》されてるような気《き》が！（みなさん、ちがうんですー！）

お願《ねが》いだから帰《かえ》ってください！　と訴《うった》えると、

「ロケハンだってさ、大事《だいじ》な仕事《しごと》だよ。１ミリでもいい絵《え》を撮《と》るために、俺《おれ》らがいたほうが、絶《ぜっ》対《たい》にいいと思《おも》わない？　ねえ、カメラさん？」

「そりゃ……モチロン！　和月《わつき》さんの言《い》うとおりです！」

直立不動《ちょくりつふどう》になって、カメラマンさんが口《くち》を開《ひら》く。

「僕《ぼく》は新《あたら》しくなった『パラレルランド』の魅力《みりょく》をこの目《め》で確《たし》かめたいし、視聴者《しちょうしゃ》のみなさんに届《とど》けたいんだよ！」

翼《つばさ》さんはそこまで言《い》うと、もったいぶったように一呼吸《ひとこきゅう》入《い》れる。

「だ・か・ら。今日《きょう》は一日《いちにち》マネージャーと僕《ぼく》で遊園地《ゆうえんち》をまわらせてもらえませんか？　ハンディカメラを持《も》って行《い》くので、ふたりっきりで」

ん？　ふたりっきり？

「翼《つばさ》！　オマエとふたりっきりになんて、あぶなっかしくてできるわけないだろ！」

レンさんがとがった声《こえ》を翼《つばさ》さんに向《む》ける。

「あっれー？　レンってば、ひょっとしてヤキモチ？　レンもポチ子《こ》とふたりっきりで、デートしたいわけ？　やーらしー」

ブチリ。

レンさんは堪忍袋《かんにんぶくろ》の緒《お》が切《き》れたように、わなわなと拳《こぶし》をふるわせる。

「――翼《つばさ》、その減《へ》らず口《ぐち》、いまここで二度《にど》とたたけなくしてやる」

「はあ？　やれるもんならやってみろよ」

「まーまー。ケンカはおよし。すみません。でも俺《おれ》たちプロ意識高《いしきたか》いから。やれることは全部《ぜんぶ》やっておきたい質《たち》で。ね、レン」

「――どの口《くち》が言《い》うんだ、どの口《くち》が」

「さっすがは、『ジョーカー』の暗黒帝王《あんこくていおう》」

「レンくぅーん、翼《つばさ》くぅーん、なにか言《い》ったかな？」

ボキボキと指《ゆび》を鳴《な》らして極上《ごくじょう》の笑《え》みを浮《う》かべる和月《わつき》さんに、その場《ば》にいた全員《ぜんいん》がゾゾッと青《あお》ざめる。

そのあと口《くち》を開《ひら》いたのはチーフディレクターさん。番組《ばんぐみ》の責任者《せきにんしゃ》だ。

「マネージャーさんと『ジョーカー』のメンバーだけで、今日一日《きょういちにち》まわってもらおうかな？」

3人《にん》の圧《あつ》におされる形《かたち》で、私《わたし》と『ジョーカー』だけのロケハンがはじまったのでありました。

4 恐《きょう》怖《ふ》のロケハン

「いいですか。今日《きょう》は仕事《しごと》だということを、みなさんわかっていらっしゃいますよね？」

おそるおそる聞《き》くと、全員興味《ぜんいんきょうみ》なさそうにしている。

「スタッフのみなさんを撤収《てっしゅう》させてしまった以上《いじょう》、私《わたし》たちの力《ちから》だけでやりとげるしかありません！」

お化《ば》けは死《し》ぬほど苦手《にがて》ですが、こうなったら腹《はら》をくくるしかありません。

「視聴者《しちょうしゃ》のみなさんに『パラレルランド』の楽《たの》しさを伝《つた》えるべく、がんばりましょう！」

「――オマエさ。誤解《ごかい》してない？」

「ご、誤解《ごかい》？」

レンさんが突然私《とつぜんわたし》の手首《てくび》をつかみ、ジッとこちらを見《み》つめる。

「『楽《たの》しさ』なんて伝《つた》える必要《ひつよう》ないんだよ」

――へ？

レンさんの言葉《ことば》の意味《いみ》がわからず、私《わたし》はキョトンとする。

「楽《たの》しさ以外《いがい》のなにを伝《つた》えるというんですか、うすらトンカチ」

「――いっぺん、本気《ほんき》で説教《せっきょう》しないとダメだな」

ぎゃっ。つい心《こころ》の声《こえ》がもれてしまいました！

「ここのコンセプトってなんだっけ」

一度《いちど》聞《き》いたら忘《わす》れない！

「日本一怖《にほんいちこわ》い遊園地《ゆうえんち》です！」

私《わたし》はキッパリと告《つ》げる。

まったく。楽《たの》しむための遊園地《ゆうえんち》が、ホラーだらけだなんて！（涙《なみだ》）

そんなの、ヒドすぎます！

「だーかーら☆　こーゆーことなんじゃない？」

ドン。

イキナリ壁《かべ》に押《お》しつけられ、私《わたし》はヒッと悲鳴《ひめい》をあげる。

「**ギャー！　お助《たす》けを！　はなしてくださいいいいいっ！**」

真《ま》っ青《さお》な顔《かお》で絶叫《ぜっきょう》する私《わたし》に向《む》かい、和月《わつき》さんはニッコリとほほえむ。

「そうそう。『ホラー』なんだから、楽《たの》しむよりも、『怖《こわ》がって』もらわないとね♪」

「まつり。日頃《ひごろ》のお礼《れい》に、俺《おれ》たちがたーっぷりもてなしてやる――覚悟《かくご》しろ」

とろけるような極上《ごくじょう》の笑《え》みと、耳元《みみもと》でささやかれたあまいあまい声《こえ》は、私《わたし》を奈落《ならく》の底《そこ》へたたき落《お》とす言葉《ことば》なのでありました。

ああ……。神様《かみさま》！

ここに迷《まよ》える子羊《こひつじ》がおりますよー！　なぜ助《たす》けてくださらないのですかああああっ。(涙《なみだ》)

「――あ」

絶望《ぜつぼう》していた私《わたし》は、掲示板《けいじばん》にはられたポスターに目《め》をうばわれる。

もしかして……。今日《きょう》、ここで見《み》えたりして!?

ポスターを眺《なが》めていると、まるで闇《やみ》が晴《は》れるように、胸《むね》の中《なか》がすんでいった。

「ポチ子《こ》、なにを見《み》てるの？　――あ。コレかぁ」

「へー。花火大会《はなびたいかい》。高台《たかだい》にあがれば、この遊園地内《ゆうえんちない》からなら見《み》えそうだね」

翼《つばさ》さんの言葉《ことば》につづいた和月《わつき》さんの言葉《ことば》に、私《わたし》の頰《ほお》は紅潮《こうちょう》する。

「そんなに喜《よろこ》んじゃって。オマエ、そこまで花火《はなび》が見《み》たいわけ？」

レンさんがいじわるそうにほほえむので、私《わたし》はムッとして言《い》いかえす。

「レンさんには関係《かんけい》ないじゃないですか」

「抜《ぬ》けがけして、ひとりで楽《たの》しもうなんて——まさか思《おも》ってないよね？」

ギクリ。

考《かんが》えていたことが笑顔《えがお》の翼《つばさ》さんの口《くち》から先《さき》に飛《と》びだし、私《わたし》は顔《かお》を引《ひ》きつらせる。

「なっ。仕事《しごと》が終《お》われば、どこでなにをしてもいいですよね!?　ただでさえ、むさくるしい男子《だんし》どもと一日遊園地《いちにちゆうえんち》をまわるんですよ!?　ごほうびがあってもイイじゃないですか！」

「へー。そこまで見《み》たいんだ。わかった。じゃあ、本当《ほんとう》にデートにしない？」

「「**デート？**」」

和月《わつき》さんの提案《ていあん》に、私《わたし》たちは声《こえ》をそろえる。

「そ。さすがに女《おんな》の子《こ》ひとりは危《あぶ》ないからさ。いまから順番《じゅんばん》に遊園地《ゆうえんち》デートをしてみて、いっしよに見《み》たいと思《おも》ったヤツと花火《はなび》を見《み》るってどう？」

「レンさんが女《おんな》の子《こ》のすがたになってくれれば、くふふ、至福《しふく》なので・す・が☆」

女《おんな》の子《こ》に変身《へんしん》したレンさんの艶《つや》やかで美《うつく》しい髪《かみ》や、すいつくような肌《はだ》の白《しろ》さを想像《そうぞう》すると——。

「気持《きも》ち悪《わる》い視線《しせん》を投《な》げてよこすな、変態《へんたい》！」

バチーン！　と、レンさんが本気《ほんき》で私《わたし》をどつく。

「まぁ、考《かんが》えてみなよ。僕《ぼく》たち3人《にん》とちんたら歩《ある》きまわるよりも、ポチ子《こ》だって、ひとりずつのほうがいいでしょ」

翼《つばさ》さんの言葉《ことば》を受《う》け、私《わたし》は翼《つばさ》さん、レンさん、和月《わつき》さんの顔《かお》を順番《じゅんばん》に見《み》つめる。

(うーん。正直《しょうじき》、マンツーマンも全力《ぜんりょく》でお断《ことわ》りしたいところです……!)

「マネージャーさん。思考《しこう》が口《くち》からもれてるよ……」

和月《わつき》さんの静《しず》かな言葉《ことば》に、「すみません!」と私《わたし》は頭《あたま》を下《さ》げる。

はっ、でもこの3人《にん》。

いっしょにいると、悪《わる》ふざけがエスカレートしそうな気《き》は——する。

それならば、別々《べつべつ》にまわったほうが得策《とくさく》かも?

「——わかりました。不肖《ふしょう》、日々野《ひびの》まつり。心底《しんそこ》つらい仕事《しごと》ではありますが、デートのお相手《あいて》いたします。さあ、むさくるしい男子《だんし》よ! かかってきなさい! さあ! さあ!」

「……すげー。ビックリするほど人《ひと》を萎《な》えさせる天才《てんさい》だわ」

和月《わつき》さんの言葉《ことば》に、残《のこ》りのふたりは同調《どうちょう》するようにうなずく。

かくして、デート作戦《さくせん》が決行《けっこう》されることになりました。

5 最初《さいしょ》のデートはお化《ば》け屋敷《やしき》？

ここは日本一《にほんいち》怖《こわ》い遊園地《ゆうえんち》『パラレルランド』。

日本一《にほんいち》怖《こわ》い遊園地《ゆうえんち》で、笑顔《えがお》でいやがらせばかりしてくる男《おとこ》ども（ただでさえ男子《だんし》が苦手《にがて》なのに！）と、デートするハメになるなんて……。

私《わたし》は、日本一《にほんいち》不幸《ふこう》な少女《しょうじょ》だと、大《おお》きな声《こえ》で叫《さけ》びたい気持《きも》ちでいっぱいです。（涙《なみだ》）

「じゃあ、トップバッターってことで、僕《ぼく》と行《い》こ☆」

「ぎゃあああっ！　手《て》を引《ひ》っぱらないでくださいいいいいっ！」

有無《うむ》を言《い》わさぬ笑《え》みを浮《う》かべる翼《つばさ》さんに手《て》を引《ひ》かれ、私《わたし》は問答無用《もんどうむよう》で走《はし》らされることになったのでした。

「くくく……あははは！」

「なにがおかしいんですか？」

しばらく走《はし》ると翼《つばさ》さんは速度《そくど》をゆるめ、声《こえ》をあげて笑《わら》いだす。

「いまのレンの顔見《かおみ》た？　普段《ふだん》ポーカーフェイスのくせに、目《め》えむいちゃって。ウケる！」

「翼《つばさ》さんとレンさんは本当《ほんとう》に仲良《なかよ》しさんなんですね」

スタスタスタ――**ピタリ。**

翼《つばさ》さんの足《あし》が止《と》まり、私《わたし》は翼《つばさ》さんの背中《せなか》に顔《かお》をぶつける。

「ギャッ！　イキナリ止《と》まると危《あぶ》ないですよ」

「どこをどう見《み》たら、僕《ぼく》とアイツが仲良《なかよ》しこよしに見《み》えるわけ？」

「だってケンカするほど仲《なか》がいいって言《い》うじゃないですか。まぁ、私《わたし》には関係《かんけい》ないですけど」

翼《つばさ》さんが私《わたし》の最後《さいご》の言葉《ことば》にずっこける。

「関係《かんけい》ないって、ヒドイんじゃないの？　マネージャーさん」

「はっ。私《わたし》としたことが、つい本音《ほんね》を！　失礼《しつれい》いたしました！」

ガバッと翼《つばさ》さんに向《む》かい頭《あたま》を下《さ》げる。

「でも。うらやましいです」

「はあ？　うらやましい？」

「私《わたし》にはおふたりほど激《はげ》しく本音《ほんね》を言《い》い合《あ》える友《とも》だちがいないので」

「――僕《ぼく》らに向《む》かって本音《ほんね》を言《い》いまくっていると思《おも》うけど？」

ため息《いき》をついて頭《あたま》をかく翼《つばさ》さんの顔《かお》を、私《わたし》はマジマジと見《み》つめる。

「なっ、なに!?」

「いままで意識《いしき》してきませんでしたが、翼《つばさ》さんのおっしゃるとおりだなと思《おも》って。翼《つばさ》さんはすごいですね」

本気《ほんき》で感心《かんしん》して見《み》つめると、翼《つばさ》さんが少《すこ》しだけうれしそうにはなの下《した》をこする。

「あのふたりよりは、ポチ子《こ》のこと楽《たの》しませられると思《おも》うけどね。――で、どこに行《い》く？」

私《わたし》は遊園地《ゆうえんち》の中《なか》に作《つく》られているお化《ば》け屋敷《やしき》を指《ゆび》さす。

「――あそこにしましょう」

「ええええっ!?　怖《こわ》いの苦手《にがて》なんだよね？」

「翼《つばさ》さんの袖《そで》につかまらせていただけますか？　目《め》をつぶってついて行《い》きますので」

「手《て》をつないで行《い》けばいいんじゃない？」

「いえっ。それは気持《きも》ち悪《わる》いのでけっこうです」

「……」

キリッと答《こた》えると、翼《つばさ》さんは「ちぇ、ポチ子《こ》は本当《ほんとう》に変《か》わってるわ」とため息《いき》をつく。

「そこまでして、どうして行《い》きたいのさ」

「クリアすると、なんでも願《ねが》いがかなうお守《まも》りがもらえるって書《か》いてあるんです。翼《つばさ》さん、今度《こんど》オーディションがあるじゃないですか。お守《まも》りあるといいかなって」

翼《つばさ》さんは驚《おどろ》いたように目《め》を見開《みひら》いたあと、イキナリ抱《だ》きつく。

「ギャ――――！　イキナリなんなんですか――――っ！」

「ポチ子《こ》をかわいーって思《おも》う気持《きも》ちがあふれちゃった。ポチ子《こ》、かわいいっ！」

翼《つばさ》さんにギュウギュウと本気《ほんき》で抱《だ》きしめられて――。

お化《ば》け屋敷《やしき》に入《はい》る前《まえ》から絶体絶命《ぜったいぜつめい》！　気持《きも》ち悪《わる》さで目《め》がまわるのでありました。

6 観《かん》覧《らん》車《しゃ》で急《きゅう》接《せっ》近《きん》!?

ここは『パラレルランド』の観覧車前《かんらんしゃまえ》。

翼《つばさ》さんとの恐怖体験《きょうふたいけん》を終《お》え、和月《わつき》さんに保護《ほご》されたところでございます。

「――まつりちゃん、大丈夫《だいじょうぶ》?」

「――恐《おそ》ろしい。こんな遊園地《ゆうえんち》、滅《ほろ》んでしまえばいい」

「えーっと……それ放送《ほうそう》できないワードかな?」

「ギャッ。失礼《しつれい》いたしました!」

あわてて頭《あたま》を下《さ》げようとすると、グラリと目《め》まいがする。

「ムリしないで。観覧車《かんらんしゃ》にでも乗《の》って少《すこ》し休《やす》もうか」

「はい。かたじけのうございます」

その言葉《ことば》を聞《き》いた和月《わつき》さんがブッと笑《わら》う。

とりあえず私《わたし》たちは観覧車《かんらんしゃ》に乗《の》るのでした。

「——和月《わつき》さん、ごめんなさい。なんか、もういっぱいいっぱいです」

「あれ？　まつりちゃんって高所恐怖症《こうしょきょうふしょう》だっけ？」

ガラスばりの観覧車《かんらんしゃ》から見《み》える景色《けしき》が恐《おそ》ろしいというのもありますが、それよりなにより……。

「——男子《だんし》とこんな密室《みっしつ》にいるのが、気持《きも》ち悪《わる》くて」

「あ。絶対《ぜったい》に吐《は》かないでね。さすがの俺《おれ》でも怒《おこ》っちゃうかもしれないから☆」

和月《わつき》さんの笑顔《えがお》にただならぬ殺気《さっき》を感《かん》じ、拳《こぶし》を握《にぎ》ってギュッと気合《きあ》いを入《い》れる。

「和月《わつき》さん。今日《きょう》はいいことあったんですか？」

「——なんで？」

和月《わつき》さんがビックリした声《こえ》で、私《わたし》を見《み》つめる。

「だって、いつもより、とってもうれしそうですよ？」

「——驚《おどろ》いた。俺《おれ》はさ、いままで隠《かく》したいことを気《き》づかれたことってないんだ。まつりちゃんのそーゆー鋭《するど》さってさ——ものすごく不快《ふかい》だなー☆」

ひっ。ものすんごい笑顔《えがお》で、不快《ふかい》って言《い》われた！

「——すっ、すみません！」

私《わたし》はコメツキバッタのように頭《あたま》を下《さ》げる。

「いや。他《ほか》の人《ひと》だったらってこと。絶対《ぜったい》に近《ちか》くにいてほしくないんだけど……。なんでかな。まつりちゃんはむしろ、心地《ここち》いいんだよね」

そう言《い》うと、和月《わつき》さんはふっとつぶやく。

「……。**きっとお嫁《よめ》さんにするなら、まつりちゃんみたいな子《こ》がいいんだろうな――**」

「はあっ!?」

イキナリこの人《ひと》はなにを言《い》い出《だ》すんですかっ!

驚《おどろ》いて声《こえ》が裏返《うらがえ》りましたから!

「あはは。ジョーダンジョーダン♪」

そう言《い》う和月《わつき》さんの目《め》が、なぜか笑《わら》っていない気《き》がするのですが……。

「あははは。ジョーダンですよね。あはははは!」

私《わたし》もヘンな空気《くうき》を断《た》ち切《き》るべく、大声《おおごえ》で笑《わら》うのでありました。

7 恐怖《きょうふ》の写真館《しゃしんかん》!?

「……大丈夫《だいじょうぶ》か？」

ここは『パラレルランド』の大広場《おおひろば》。

12ラウンド戦《たたか》いきったボクサーのように座《すわ》る私《わたし》に、レンさんが声《こえ》をかける。

「――大丈夫《だいじょうぶ》です！　夜《よる》にはお楽《たの》しみが待《ま》っていますから！」

「お楽《たの》しみって――そんなに花火《はなび》が見《み》たいのかよ。ガキ」

「なっ！　私《わたし》がなにを楽《たの》しみにしたっていいじゃないですか！　ひゃっ」

頬《ほお》に触《ふ》れた冷《つめ》たい感触《かんしょく》に、私《わたし》は悲鳴《ひめい》をあげる。

「とりあえずこれ飲《の》んどけ」

――あ。私《わたし》が大好《だいす》きなクリームソーダ。

「ありがとうございます。でもレンさんが優《やさ》しいなんて、なにかよからぬことを企《たくら》んでますか？」

「――ほお。人様《ひとさま》の厚意《こうい》を土足《どそく》で踏《ふ》みにじる発言《はつげん》だと気《き》づいているか？」

ギャー！　痛《いた》い！

レンさんからゲンコツをくらい、私《わたし》は悲鳴《ひめい》をあげる。

「では最後《さいご》ですし、恐怖《きょうふ》の写真館《しゃしんかん》へ行《い》きますか」

いまは写真《しゃしん》を撮《と》る人《ひと》が多《おお》いので、恐怖《きょうふ》の写真館《しゃしんかん》は、この遊園地《ゆうえんち》の目玉企画《めだまきかく》のひとつだとディレクターさんから聞《き》かされました。

「もういいだろ。ロケハン中止《ちゅうし》。――休《やす》んでろ」

「そうはいきませんよ。お仕事《しごと》で来《き》てるんですから！　ここのロケハンは必須《ひっす》です！」

その言葉《ことば》を聞《き》くと、レンさんは口角《こうかく》を少《すこ》しあげる。

「――そうだな。じゃあとっとと行《い》くか」

レンさんといっしょに恐怖《きょうふ》の写真館《しゃしんかん》へ行《い》ったのですが――。


「イヤですっ！　**レンさんとキスする**なんて、絶対《ぜったい》に絶対《ぜったい》に絶対《ぜったい》にイヤです！」

ヒーッ！　ここのプリ機《き》、いろんな撮影《さつえい》モードがあるみたいなんですが……。

私《わたし》たち、勝手《かって》に恋人同士《こいびとどうし》モードに選《えら》ばれてしまったんです。

「はあっ!?　俺《おれ》だってオマエみたいな変態《へんたい》と、こんなところでキスなんかしたくないわ!」

「変態《へんたい》って言《い》わないでください!　考《かんが》えただけで、オエッてなりますよ!　しかもこんなところじゃなければ、私《わたし》にキスをするつもりですか!?　みなさん!　けだものがいますよーっ!」

「――オマエ、本気《ほんき》でケンカ売《う》ってるだろ。いいぜ、買《か》ってやる」

ギャー!　本当《ほんとう》に人《ひと》を殺《あや》めそうな目《め》をしています!

「それよりも、キスする以外《いがい》に脱出《だっしゅつ》する方法《ほうほう》はないのかよ」

「──『絶対《ぜったい》にない』って書《か》いてありますけど……。ひっ」

レンさんが私《わたし》の肩《かた》に手《て》をかける。

「ビービーうるさい。こんな茶番《ちゃばん》、とっととすませて帰《かえ》るぞ」

レンさんに強引《ごういん》に引《ひ》きよせられ、顔《かお》と顔《かお》がぶつかりそうなほど近《ちか》づくと──。

「とっとと──すませられるわけ、**ないじゃないですか────っ！**」

「バカ！　オブジェを振《ふ》りあげるな──っ！　破壊《はかい》する気《き》かっ！」

恐怖《きょうふ》で暴《あば》れくるう私《わたし》の様子《ようす》は、あとで映像《えいぞう》で見《み》るとかなりの緊迫感《きんぱくかん》がありましたが……。

あまりに危険《きけん》すぎる映像《えいぞう》ということで、お蔵入《くらい》りすることになったのでした。

8 花《はな》火《び》はだれと？

ここは日本一怖《にほんいちこわ》い遊園地《ゆうえんち》『パラレルランド』。

あかね色《いろ》だった空《そら》はいつの間《ま》にか暗《くら》くなり、一番星《いちばんぼし》が瞬《またた》いている。

「そろそろ時間《じかん》だよ。だれといっしょに花火《はなび》が見《み》たいか教《おし》えてくれる？」

和月《わつき》さんの言葉《ことば》に、私《わたし》は深呼吸《しんこきゅう》してから口《くち》を開《ひら》く。

「僭越《せんえつ》ながら、答《こた》えは――**3人全員《にんぜんいん》と、です**」

全員《ぜんいん》の顔《かお》がけわしくなるが、私《わたし》はそのまま言葉《ことば》をつづけた。

「コンサートの日《ひ》。みなさんはステージから、私《わたし》はステージの袖《そで》から花火《はなび》を見《み》ました」

レンさんや翼《つばさ》さんや和月《わつき》さんのおひさまのような笑顔《えがお》を見《み》たとき……。

うれしかったけれど……。

なぜかちょっとだけ……。いいえ。たくさん、たくさん、うらやましかった。

「――だから。次《つぎ》は同《おな》じ場所《ばしょ》で見《み》たいなって思《おも》ったんです」

静《しず》かに話《はなし》を聞《き》いていたレンさんが、クシャクシャと私《わたし》の髪《かみ》をかきまわす。

「ギャッ！　レンさん、なにするんですか」

「いやがらせに決《き》まってるだろ。バーカ」

レンさんが不敵《ふてき》な笑《え》みを浮《う》かべると思《おも》いきや、小《ちい》さな子《こ》どものような無邪気《むじゃき》な笑《え》みを見《み》せた。

「ポチ子《こ》。なーんか、いい感《かん》じでまとめてない？」

そんな！　ぜんぜん、そんなつもりないです！

「――ほら。花火《はなび》があがるよ」

シュルルルル――と音《おと》をたてて、夜空《よぞら》に大輪《たいりん》の華《はな》が咲《さ》く。

「たーまやー」

翼《つばさ》さんが花火《はなび》にあわせてかけ声《ごえ》をかけると、和月《わつき》さんもほほえむ。

――あ。この表情《ひょうじょう》いいな。

私《わたし》はカメラを取《と》り出《だ》し、花火《はなび》を楽《たの》しんでいる3人《にん》をパシャリと撮影《さつえい》した。

「おい。急《きゅう》な思《おも》いつきで、芸能人《げいのうじん》を隠《かく》し撮《ど》りするな」

レンさんにすごまれ、私《わたし》は反論《はんろん》する。

「急《きゅう》な思《おも》いつきじゃありません。今日一日《きょういちにち》、ずっとずっと考《かんが》えていたんです。どうしたら今回《こんかい》のロケで『ジョーカー』の魅力《みりょく》が少《すこ》しでも多《おお》く伝《つた》わるのか」

私《わたし》のなにげない言葉《ことば》に、３人《にん》は驚《おどろ》いたように目《め》を見開《みひら》く。

「３人《にん》がいっしょに花火《はなび》を見《み》ている表情《ひょうじょう》、すごく温《あたた》かくて優《やさ》しくて——。幸《しあわ》せな気持《きも》ちになりました。この瞬間《しゅんかん》を私《わたし》だけ見《み》るのはもったいない。ファンのみなさんにも届《とど》けたいです！」

その言葉《ことば》を聞《き》いていた翼《つばさ》さんが、私《わたし》に向《む》かって突進《とっしん》してくる。

「ポチ子《こ》！　僕《ぼく》、いまめちゃくちゃ感動《かんどう》してるっ。なんだかんだ言《い》ってさ。今日一日《きょういちにち》のあいだ、ず——っと僕《ぼく》たちのことを考《かんが》えてくれてたんだねっ！」

ぎえええええええっ。顔《かお》が近《ちか》い！　離《はな》れてくださいいいいっ。

「俺《おれ》も、まつりちゃんのこと見直《みなお》しちゃった。ありがと♪」

今度《こんど》は和月《わつき》さんに耳元《みみもと》でささやかれる。

「まぁ。これでも俺《おれ》たちのマネージャーなんだから——な」

そう言《い》うレンさんの顔《かお》も……。ビックリするくらいうれしそうなので、私《わたし》は反論《はんろん》できずに口《くち》をつぐむ。

「で……では花火《はなび》も全員《ぜんいん》で見《み》られましたし、ここで解散《かいさん》ってことで……」

荷物《にもつ》をまとめ、そそくさと立《た》ち去《さ》ろうとする私《わたし》に向《む》かい——。

「――おい。まつり」

「――ポチ子《こ》」

「……まつりちゃん……」

レンさん、翼《つばさ》さん、和月《わつき》さんの呼《よ》びかけに、私《わたし》は顔《かお》を引《ひ》きつらせる。

「オマエ……まさかと思《おも》うけど……」

「花火《はなび》じゃなくって……本当《ほんとう》に見《み》たいのは……」

「「『**ストロベリージャム**』**のコンサート!?**」」

「てへ☆　バレましたか♪」

「**バレましたかじゃ、ないだろおおおおおおおおおおおおおっ！**」

『ジョーカー』のメンバーの絶叫《ぜっきょう》に、私《わたし》はキリッと腕《うで》を組《く》む。

「だって私《わたし》、『ストロベリージャム』の追《お》っかけですよ!?　コンサートが見《み》たいに決《き》まってるじゃないですか！」

そう。私《わたし》が見《み》てたのは花火《はなび》のポスター――ではなく、そのとなりにある『ストロベリージャム』の野外《やがい》コンサートの告知《こくち》！

双眼鏡《そうがんきょう》を使《つか》えばここから見《み》えるんじゃないかって、ピンとひらめいたんですよね。

「よかった！　ちゃんと見《み》られるか、今日一日《きょういちにち》、ずー――っと心配《しんぱい》だったんです♪」

「今日一日《きょういちにち》って……ぜんぜん僕《ぼく》たちのこと考《かんが》えてなかったってことじゃない？」

あれ？　笑顔《えがお》を向《む》けると翼《つばさ》さんが、ブルブルとふるえていらっしゃるんですが？

「「「**ダメマネージャー！　そこに座《すわ》れ！**」」」

「イヤです！　何人《なんぴと》たりとも、この至福《しふく》の時間《じかん》を邪魔《じゃま》することはできませんっ！」

3人《にん》の怒号《どごう》に負《ま》けじと、私《わたし》も絶叫《ぜっきょう》した。

だけど――。

『ジョーカー』の3人《にん》といっしょに、花火《はなび》を見《み》たいって思《おも》ったことや、ずっと3人《にん》のよいところを探《さが》していたってことは、本当《ほんとう》のことなんだよっていうことは……。

なんとなく悔《くや》しいので、絶対《ぜったい》にヒミツにしておこうと、ひとり誓《ちか》うのでありました。

後日《ごじつ》、私《わたし》たちがハンディカメラで撮《と》った映像《えいぞう》は編集《へんしゅう》され、そのままオンエアされることに。

『パラレルランド』が、「日本一怖《にほんいちこわ》い遊園地《ゆうえんち》」から、「日本一恋《にほんいちこい》がしたくなる遊園地《ゆうえんち》」とウワサされるようになり、大盛況《だいせいきょう》となるのは――もう少《すこ》しあとの話《はなし》。

オバケがシツジの
きもだめし
田《た》原《はら》 答《こたえ》
絵《え》／渡辺《わたなべ》ナベシ

このお話《はなし》は…

夏休《なつやす》みに遊《あそ》びに来《き》たバァちゃんちで、**“オバケが視《み》える”**力《ちから》に目覚《めざ》めちゃったオレ！　**眠田家《ねむりだけ》**って、代々《だいだい》「**オバケを視《み》る力《ちから》で世界《せかい》を守《まも》ってる**」一族《いちぞく》なんだって。なんかちょっと**カッコよくない!?** でも、オレにひっついてきたのは、「**空飛《そらと》ぶ米《こめ》つぶ**」みたいな**ヘンテコオバケ**。しかも、めちゃくちゃ**口《くち》がわるい**し、好《す》き勝手《かって》するし…オレの人生《じんせい》、**どーなっちゃうの!?**

シツジ

涼《りょう》にとりついた低級《ていきゅう》オバケ。
一見《いっけん》、かわいいけど、
かなり毒舌《どくぜつ》でマイペース。

眠《ねむり》田《だ》涼《りょう》

小《しょう》5男子《だんし》。運動神経《うんどうしんけい》はふつう。
ハチャメチャなシツジと
兄《あに》にふりまわされる少年《しょうねん》。

眠《ねむり》田《だ》麗《れい》一《いち》郎《ろう》

涼《りょう》の兄《あに》。霊能力《れいのうりょく》の高《たか》さは
はかりしれない。
涼《りょう》をいじるのが趣味《しゅみ》。

早《そう》田《だ》亜《あ》綺《き》

小《しょう》5女子《じょし》。
眠田家《ねむりだけ》とならぶ
霊能力一族《れいのうりょくいちぞく》の少女《しょうじょ》。

眠《ねむり》田《だ》吹《ふ》雪《ぶき》

涼《りょう》のおばあちゃん。
強《つよ》い霊能力者《れいのうりょくしゃ》。
強《つよ》く、キビしく、
かっこいい！

1 修行《しゅぎょう》でキモダメシ

オレの名前《なまえ》は、眠田涼《ねむりだりょう》。

さいきん、オバケが視《み》えるようになっちゃった、小学《しょうがく》5年生《ねんせい》だ。

今《いま》は、バァちゃんちの座敷《ざしき》で、正座《せいざ》させられてる。

せっかくの夏休《なつやす》みに、なんで、こんな目《め》にあってるかというと――。

「――座敷《ざしき》のフスマと障子《しょうじ》に、あなを、あけたから……です」

オレが答《こた》えると、目《め》の前《まえ》で仁王立《におうだ》ちしてるバァちゃんの目《め》が、ギロリとうごいた。

「ほかには？」

「に、庭《にわ》にもあなをあけて、しばふをメチャクチャにしました……」

「どうして、そんなことになった？」

「シツジをおいかけ回《まわ》して、あばれたから、です」

オレはそう言《い》いながら、となりに座《すわ》ってる、オバケの「シツジ」を、チラリと見《み》た。

……はァ!? こ、こいつ、いねむりしてやがる！

元凶《げんきょう》のクセしてっ！

シツジのでかい頭《あたま》はグラグラゆれてて、いまにもひっくり返《かえ》りそうだ。

見《み》た目《め》は、白《しろ》くて丸《まる》い、でっかい米《こめ》つぶみたいだけど……。

これでも、シツジはオレの「めしつかい」なんだ。

しかも、オレにとりついてるオバケ……らしい。

「なにを、よそ見《み》してるんだい！ 涼《りょう》！」

「ひゃいっ！」

油断《ゆだん》したところに、バァちゃんのカミナリが落《お》ち、体《からだ》がブルッとふるえた。

……くっそぉ、シツジがオレの命令《めいれい》をきかないから、こんな目《め》にあうんだ！

『怪盗《かいとう》シツジ参上《さんじょう》！』とか言《い》って、オレのスマホをうばったあげく、家《いえ》じゅう、逃《に》げ回《まわ》りやがって！

「アンタはまだ修行中《しゅぎょうちゅう》だから、シツジにうまく命令《めいれい》できないのは、しかたないさ。……でも、さすがにコレは見《み》のがせないからね！ お仕置《しお》きだ！」

大《おお》きなあなが開《あ》いたフスマを指《ゆび》さし、バァちゃんは目《め》をつりあげた。

あー……シツジが頭《あたま》から、つっこんじゃったとこだ……って、えええええっ！

「お、お仕置《しお》きぃッ!?」

「そうともさ。アンタたちには、特別《とくべつ》な修行《しゅぎょう》をしてもらうよ……って、言《い》ってるんだ！　米《こめ》つぶ、ねてるんじゃないよ！」


ズバビシィイイッ！


バァちゃんは、シツジの頭《あたま》に、真上《まうえ》からチョップをたたきこんだ！

「**ううぇえぇ!?**　くせもの、くせものぉっ!?」

ダメだ。シツジのやつ、ねぼけてる。

バァちゃん、ただでさえキゲンが悪《わる》いのに。

この間《あいだ》なくしたお気《き》にいりの小銭《こぜに》いれが、ま

だ、見《み》つからないらしいんだ。

ハデなピンク色《いろ》の小銭《こぜに》いれのことを、思《おも》いだしていると。

座敷《ざしき》のすみっこから、声《こえ》がした。

「修行《しゅぎょう》っていうなら、涼《りょう》に『**きもだめし**』でも、やらせたらどうですかね？」

タタミにねころがり、ニヤニヤ笑《わら》いながら言《い》ったコイツは、眠田麗一郎《ねむりだれいいちろう》。

オレの兄《にい》ちゃんで、中学《ちゅうがく》1年生《ねんせい》だ。

霊能力《れいのうりょく》はチョーつよいけど、**性格《せいかく》はチョーわるい**、サイアク人間《にんげん》です。以上《いじょう》。

「キモダメシ？　兄《にい》ちゃん、そんなのが修行《しゅぎょう》になるの？」

「きもだめしを、なめるんじゃねぇ。この町《まち》……モモキガハラの、霊能力《れいのうりょく》のある子《こ》どもは、ゼッタイやらされる決《き》まりなんだぞ」

「……バァちゃん、それってホント？」

兄《にい》ちゃんの言《い》うことは、まず、うたがってかかるのが、キホンです。

するとバァちゃんは、しかめつらで、うなだれた。

「本当《ほんとう》さ。麗一郎《れいいちろう》には、5歳《さい》のときにやらせたが……その時《とき》のことは、思《おも》いだしたくないねぇ」

……バァちゃんに、ここまで言《い》わせるなんて。

5歳《さい》の兄《にい》ちゃん、一体《いったい》なにをやらかしたんだ？　コワイ！

「でも、きもだめしってのは、たしかにいい考《かんが》えだ。視《み》える子《こ》らの、『**通過儀礼**《つうかぎれい》』だしね」

「ツーカギレー？　なにそれ？」

「そうだねぇ……一度《いちど》はやらなきゃいけないこと、って意味《いみ》さ」

バァちゃんがそう言《い》うと、とつぜん、シツジがとび上《あ》がった！

「ボクも、ツーカレーやります！　カレーだいすき！」

わけが、わからん。

「……よし。オレが、モモキガハラ流《りゅう》『きもだめし』を、説明《せつめい》してやる！」

兄《にい》ちゃんは、オレのまん前《まえ》までやって来《き》て、どっかりと座《すわ》ると、にんまり笑《わら》った。

「駅《えき》のちょっと先《さき》に、神社《じんじゃ》があるの、知《し》ってるよな？」

「うん。『桃木《もも き》ヶ原神社《がはらじんじゃ》』だろ？　お祭《まつ》りとか、やるとこ」

「そうだ。きもだめしは、その神社裏《じんじゃうら》の森《もり》でやる、ならわしなんだ」

たしかに、神社《じんじゃ》の裏《うら》には、大《おお》きな森《もり》がある。

昼《ひる》でも暗《くら》いから、地元《じもと》の子《こ》も、あんまり行《い》かないらしい。

「ルールはカンタン。森《もり》の奥《おく》の『ある場所《ばしょ》』から、『あるもの』を、持《も》ってくればいい」

「あるもの、って？」

「それは、おどかす側《がわ》のヤツらが決《き》めるんだ。な、バァちゃん？」

「あぁ。最後《さいご》まで行《い》けた子《こ》だけが、わかるんだよ」

バァちゃんも、深《ふか》くうなずく。

フツーのきもだめしなら、おどかされる側《がわ》も、おどかす側《がわ》も、やったことあるけど。

……モモキガハラ流《りゅう》のバアイ、『おどかす側のヤツら』って、どなたなんでしょうか？

「善《ぜん》はいそげだ。オレ、さっそくヤツらと打《う》ちあわせ、してくるわ！」

兄《にい》ちゃんは、いきおいよく立《た》ち上《あ》がると、シツジのアタマをベチンとたたいた。

「アホオバケ！　涼《りょう》が失敗《しっぱい》したら、お前《まえ》のアタマに『アホ』って、きざんでやっからな！」

「**はひぃ!?**　ボク、アホじゃないですもん！」

「じゃ、『バカ』のほうがいいか！　ウヒャヒャヒャ！」

兄《にい》ちゃんは、オレたちにヒラヒラ手《て》をふると、あっというまに、でかけちゃった。

鼻歌《はなうた》まで、うたってるよ……。

「……なんかノリノリだけどさ……打《う》ちあわせって、ダレとやるの？　神社《じんじゃ》のひと？」

「そのうちわかるさ。……それにしても、あの子《こ》が積極的《せっきょくてき》なのは、めずらしいねぇ」

「オレ、な〜んか、イヤな予感《よかん》がするんだけど」

「ああ。あの子《こ》がきもだめしに関《かか》わると、ロクなことがない」

「兄《にい》ちゃん、前《まえ》になにやったの？」

問《と》いかけても、バァちゃんは、ため息《いき》をつくだけで、なにも答《こた》えない。

……オレ、無事《ぶじ》にきもだめしを、終《お》えられるのだろうか。

ボーゼンと、荒《あ》れはてた庭《にわ》をながめてると、シツジが頭《あたま》にのってきた。

「キモダメシがんばりましょーね、ご主人《しゅじん》！　で？　どんなメシなんです？」

……ホントにだいじょうぶかなぁ！　オレのきもだめし！

2 さっそくキモダメシ

夜《よる》の8時《じ》をすぎたころ。

兄《にい》ちゃんに、森《もり》の入口《いりぐち》へ、つれてこられたオレは、こう思《おも》いましたとさ。

――――いくらお仕置《しお》きだからって、その日《ひ》の晩《ばん》に、やることないんじゃない？

「思《おも》いついたが吉日《きちじつ》、って言《い》うだろうが。それに、盆になると、みんないそがしいからな」

兄《にい》ちゃんは、と――――っても、楽《たの》しそうだ。くそぅ。

「……ホントは、涼《りょう》があわてるところを、見《み》たいだけのくせに」

オレのうしろにいる、アキちゃんが、ボソリとつぶやく。

うん、オレもそう思《おも》うよ。

アキちゃん――こと早田亜綺《そうだあき》ちゃんは、モモキガハラに住《す》んでる、オレと同《おな》い年《どし》の女《おんな》の子《こ》だ。

オレと同《おな》じく、オバケを視《み》ることができる。

兄《にい》ちゃんからオレのきもだめしのことを聞《き》き、様子《ようす》を見《み》にきてくれたらしい。

「まぁ、だいじょうぶじゃ……んむっ……でしょ。私《わたし》だって5歳《さい》のときに、成功《せいこう》したんだもん」

アキちゃんは、いつもよりやさしい声《こえ》で、はげましてくれた。

少《すこ》しのどの調子《ちょうし》が悪《わる》いみたいだけど、カゼかなぁ？

「でも、いくら修行《しゅぎょう》だからって、無茶《むちゃ》してケガしないようにね？」

「う、うんっ！　ありがとっ、アキちゃん！」

今日《きょう》のアキちゃん、いつもよりやさしいなぁ……。

なんか、やる気《き》がみなぎってきたぞ！

がんばって、クリアしちゃうもんね！

……シツジさえ、おかしなことをしなければ、カンタン……のはずだ。

オレは、宙《ちゅう》にういてるシツジを見上《みあ》げながら思《おも》った。

そのシツジは、ジィちゃんちを出発《しゅっぱつ》したときから、ごきげんナナメだ。

なぜなら、いつもの蝶《ちょう》ネクタイに赤《あか》いヒモをつけられ……そのヒモの先《さき》をオレが持《も》ってるから。

……うん。

どう見《み》ても、さんぽ中《ちゅう》のペットだ。

ちなみに、ヒモはバァちゃんの手作《てづく》りで、おフダがあみこんであるらしい。

こうすることで、シツジは、かってにヒモをはずせないんだって。

「シツジ、逃《に》げるなよ？」

「逃《に》げちゃうのは、ご主人《しゅじん》のほうでしょー！　腰《こし》ヌケー！」

「なっ、なんだとぉ！」

「出発前《しゅっぱつまえ》からケンカすんな！　オマエらの修行《しゅぎょう》だって、わかってんのか？　2人《ふたり》いっしょにもどらねぇと、クリアにならねぇからな。……わかったら、行《い》ってこい！」

めずらしく、マトモなことを言《い》った兄《にい》ちゃんは、オレの手《て》に、懐中電灯《かいちゅうでんとう》をにぎらせる。

そして、強《つよ》く肩《かた》をつかむと、ぐいっと森《もり》の中《なか》へおしこんだ。

「きもだめし、はじめ！　**ブザマな失敗《しっぱい》をいのる！**」

「いのるなら成功《せいこう》にしろよ、アホ兄《にい》ちゃん！」

……見《み》てろよ、ぜったいに、クリアしてみせるからな！


オレはふりかえることなく、まっすぐに、歩《ある》きだした。

森《もり》の中《なか》は、まっくらで、懐中電灯《かいちゅうでんとう》だけがたよりだ。

昼間《ひるま》でも日当《ひあ》たりが悪《わる》いからか、地面《じめん》はやわらかくて、しめったニオイがする。

まずは道《みち》をさがそうと、あたりを照《て》らしてみたけど……あれっ？　見当《みあ》たらない。

ちょっとだけ不安《ふあん》になって、さりげなく、入口《いりぐち》をふりかえったら……。

……だれもいない!?　もう帰《かえ》ったの!?

兄《にい》ちゃんはともかく、アキちゃんまで！

オレが、ショックのあまり、口《くち》をパクパクさせてると。

「『リョウの腰《こし》ヌケーー！』」

いきなり、シツジが耳《みみ》もとでさけんだ！

「おーまーえー！　とうとう呼《よ》びすてにしやがったな！」

「だって！　ご主人《しゅじん》の足《あし》が前《まえ》にすすまなくなったら、そう言《い》えって。ニーチャンが」

ニーチャンってのは、兄《にい》ちゃんのことだ。

シツジはオレのまねして、兄《にい》ちゃんを、そう呼《よ》んでる。

「おーまーえー！　兄《にい》ちゃんの言《い》うことは、きくのか！」

オレの命令《めいれい》は、ぜんっぜん、きかないクセして！

「だってぇ！　アタマをまた、ヘンな形《かたち》にするぞって言《い》うから……！」

シツジはプルプルふるえながら、自分《じぶん》の頭《あたま》をさすりだした。

そういやシツジって、兄《にい》ちゃんから、頭《あたま》をヘンな形《かたち》にされたんだっけ。

それが最近《さいきん》、やっと、元《もと》にもどったんだよね。

「しょうがねぇなぁ。……と、とにかく、進《すす》むぞっ！」

「はぁ？　どこにです？」

「そんなのオレが聞《き》きたいよ！　ええと、前《まえ》だ、前《まえ》！」

そう言《い》いながら、オレが大《おお》またで歩《ある》きはじめると。

――シタシタ、テチテチ、シタシタ……

うしろから、小《ちい》さな足音《あしおと》が、聞《き》こえてきた。

立《た》ちどまって、ふりかえってみると…………い、犬《いぬ》だ！

耳《みみ》のたれた、ヒョロヒョロの犬《いぬ》が、オレたちをじーっと見《み》てる。

「ノラ犬《いぬ》かなぁ……大《おお》きくはないみたいだけど」

「あっ、また、足《あし》がとまった！　**リョウの腰《こし》ヌケー！**」

「ちゃんと進《すす》むってば！　いちいち言《い》わなくてよろしい！」

立《た》ち止《ど》まるたびに腰《こし》ヌケよばわりされては、たまらない。

犬《いぬ》は気《き》になるけど、また、歩《ある》きだす。

オレたちが歩《ある》けば、犬《いぬ》も歩《ある》く。

立《た》ち止《ど》まれば、犬《いぬ》も立《た》ち止《ど》まる。

それが、何回《なんかい》も何回《なんかい》もつづいてて……いい加減《かげん》、気味《きみ》がわるくなってきた。

犬《いぬ》はキライじゃないけど、つないでないのは、ちょっとコワイ。

シツジのヒモを、ぎゅっと、にぎりしめていると。

「ご主人《しゅじん》、イヌって、クツはくんです？」

いきなり、シツジがそんなことを言《い》いだした。

「クツぅ？　はくのもいるんじゃねぇ？　テレビで見《み》たことあるかも」

「へえー。あのイヌも、はいてますよぉ」

「えっ？　もしかして、飼《か》い犬《いぬ》なのかな？」

ノラ犬《いぬ》なら、クツなんてはいてるわけないしなぁ。

迷子《まいご》の犬《いぬ》かも、と、ふりかえって……ビックリした！

いつのまにか、犬《いぬ》がだいぶ、近《ちか》づいてきてたんだ！

「ク、クツって、どんなのをはいてるんだ……？」

おそるおそる、犬《いぬ》の足《あし》もとを、懐中電灯《かいちゅうでんとう》で照《て》らしたら。

4つの足《あし》、ぜんぶに、大人《おとな》がはくような、黒《くろ》い革《かわ》のくつを、はいてた。

まるで、ヒトみたいだなぁ。

よく見《み》たら、足《あし》も、ヒトの足《あし》みたいだし。

……………ん？

みたい、じゃなくて……**ホントに、ヒトの足の形……してません**？

「う、う、うう、うわああああああああああああ！」

シツジのヒモを、ひっぱりながら、オレがさけぶと。

――**ろわ！　せあ！　わあ！　くあああん！**

犬《いぬ》が、おじさんみたいな声《こえ》で、ほえた！

「ギャ――――ッ！　こ、こ、こっち来《く》んなあああああ！」

タタタッと、犬《いぬ》がかけだす音《おと》が聞《き》こえた瞬間《しゅんかん》、オレの足《あし》も、はじかれたみたいに走《はし》りだす。

「鳴《な》き声《ごえ》が、かっこいいですねぇ、あのイヌ！」

「どこがだよ！」

シツジの『かっこいい』の基準《きじゅん》って、どうなってるんだ!?

懐中電灯《かいちゅうでんとう》をまっすぐ向《む》け、無我夢中《むがむちゅう》で走《はし》ってると……前方《ぜんぽう》にコンビニ発見《はっけん》!

なんで、こんな森《もり》の中《なか》に、コンビニ!?

ぜったいワナだよね、ワナだと思《おも》うんだけどね!

でも、ほかに、にげこむ所《ところ》がないから、入《はい》らなきゃ!

いやいや、それはマズいって! でも、入《はい》らなきゃ!

ホントは、入《はい》りたくなんてなかったのに。

気《き》づいたら、オレは、コンビニの中《なか》へと、飛《と》びこんでた!

3 コンビニでキモダメシ

――いび！　こぎゃ！　てぢゃ！　でおおおん！
コンビニの外《そと》、大《おお》きなガラス窓《まど》の前《まえ》で、犬《いぬ》は、ほえ続《つづ》けてた。
犬《いぬ》は中《なか》に入《はい》れないらしい……っていうか、そもそも、出入口《でいりぐち》が見当《みあ》たらない。
オレ、今《いま》たしかに、自動《じどう》ドアから入《はい》ってきたんだけどね！　おかしいね！
中《なか》に入《はい》るのをあきらめたのか、犬《いぬ》はやっと、どこかに行《い》ってくれた。
なんとか助《たす》かったみたいで、オレはひとまず、むねをなでおろす。
でも……出《で》るときは、どうすりゃいいの？
ずっとここに閉《と》じこめられるなんて、ゴメンこうむるぞ！
「ごめんくだされー！」
とつぜん、シツジがさけび声《ごえ》をあげた。でも、なにも聞《き》こえてこない。

「おへんじ、ないですねぇ」

「……無人《むじん》の店《みせ》なのかな？」

コンビニの中《なか》は、ちゃんと明《あ》かりがついてるけど、ヒトの姿《すがた》はない。

見《み》た目《め》は、ふつうのコンビニっぽいけど……よく見《み》たら、やっぱりおかしいや。

だって、棚《たな》はぜーんぶ、からっぽなんだ。

「やっぱりここも、きもだめしに、カンケーしてるんだよな？」

オレがそうつぶやくと、シツジがビュッと、オレの前《まえ》に飛《と》んできた。

「どこです!?　キモダメシ！　ここで、食《た》べるんです？」

シツジは目《め》をかがやかせながら、おかしなことを言《い》う。

「あのなぁ。いいかシツジ、きもだめしっていうのは……」

オレが、シツジに説明《せつめい》しようとした、そのとき。

――**ぽっく、ぽっく、ぽっく、ぽっく**
「う、うわっ？　なんだなんだっ？」

どこかで聞《き》いたことのある音《おと》が、リズム良《よ》く、聞《き》こえてきた。

これって……お寺《てら》にあったりする……そうだ、モクギョだ！

でもなんで、コンビニで、モクギョの音《おと》がするんだ!?　と、あたりを見回《みまわ》すと……。

フワ〜〜ン

こんどは、なんだかいいニオイが……ん？　このニオイって、たしか。

「あー！　これ、フブキさまが、つくったやつだー！」

シツジも気《き》づいたらしくって、手足《てあし》をパタパタさせて、はしゃぎだす。

「だよなぁ。……これ、カ、レ、ー、の、香、り、ですよね？」

モクギョはあいかわらず、ポクポクなってるし、カレーの香《かお》りは、どんどんおいしそうになる。

この組《く》み合《あ》わせは、一体《いったい》なんなんだと、首《くび》をかしげたとき。

「しまったぁ！　このお線香《せんこう》、カレーの香《かお》りじゃわい！」

低《ひく》くつぶれた、カエルみたいな声《こえ》が、カウンターの奥《おく》にある部屋《へや》から、聞《き》こえてきた！

オレはとっさに、その場《ば》にかがみこむと、小声《こごえ》でシツジによびかける。

「な、なんか、奥《おく》にいるぞ！　シツジ、おまえ、ちょっとのぞいて……」

「やなこった！　ジブンでのぞけ、ご主人《しゅじん》ー！」

シツジはそう言《い》うと、すばやく逃《に》げようとしたけど。


ぴよ〜〜〜ん！

わはは、ヒモがあるから、遠《とお》くにはいけないのでした。ざーんねん！

「うわーん、ボク、いきたくないのにぃ！」

オレはベソベソ言《い》いだしたシツジを引《ひ》っぱりよせ、逃《に》げられないように、抱《だ》きかかえる。

そして、ぬき足《あし》さし足《あし》でカウンターに近付《ちかづ》き、奥《おく》をのぞいた。

奥《おく》はうす暗《ぐら》くて、よく見《み》えないけど……なにかが、もぞもぞ動《うご》いてる。

――やっぱり、おどかし役《やく》のヒトが、いるのかもしれない。

もっとよく見《み》ようと、身《み》をのりだすと、なにかがニュッと、奥《おく》から出《で》てきた！

「うわあああああああ!?」

「ギヒエエエエエエエエエ!?」

さけんだのは、オレだけじゃなく、相手《あいて》もだ。

一体《いったい》どんなヒトだと、目《め》をこらすと。

……で、で、でっかい、ヒキガエルだ！

近所《きんじょ》の人《ひと》が庭《にわ》でかってる犬《いぬ》より、でかい！

オレが思《おも》わず、あとずさっても、ヒキガエルはピクリとも動《うご》かなかった。

あんぐりと、口《くち》を大《おお》きくあけたまま、オレ……じゃなく、シツジを見《み》てる。

このカエル、オバケが視《み》えてるのかな……なーんて思《おも》ってたら。

「ぎゃあああ！　なんだこのヘンなやつ！　キモチわるい！」

悲鳴《ひめい》をあげたのは、ヒキガエルのほうだった。

しかも、ヒトのことばをしゃべったってことは……こいつ、オバケなのか!?

「うわーん！　ボク、キモチわるくなんてないぞぉ！　カワイイって、ひょうばんだぞ！」

……どこで、評判《ひょうばん》なんだ、どこで。

シツジは、オバケガエルにとびかかると、ポカポカなぐりはじめた。

「とりけせー！　あやまれー！」

おぉ、シツジにしては、がんばるなぁ……って、あれれ？

――グニャリ

コンビニの天井《てんじょう》や床《ゆか》やカベが、なんだか、ゆがんで見《み》えてるような？

おどろいて足《あし》もとを見《み》たら、お店《みせ》の床《ゆか》じゃなく、森《もり》の地面《じめん》になってる！

天井《てんじょう》も、木《こ》の葉《は》や枝《えだ》が、すけて見《み》えてるじゃないか！

……まさか、このコンビニ、あのオバケガエルが作《つく》った、マボロシってやつ？

「うわ―――ん！　とりけせってばー！」

「うひぃいいい、やめろ、やめろよぉおお」

オレはシツジのヒモを、引《ひ》っぱった。

ぐいんっ
「おいっ、シツジッ、今《いま》のうちに、にげるぞっ」

「でも、コイツ、まだボクにあやまってないのにぃ！」

「泣《な》いてるんだから、もうゆるしてやれって！　いくぞ！」

オレは、大《おお》きく息《いき》をすいこみ、懐中電灯《かいちゅうでんとう》をかまえると。

グニャグニャゆがんでる、コンビニのカベめがけ、トツゲキした――――！

ダダダダ、ダダダダダッ！

――カベにぶつかる瞬間《しゅんかん》、目《め》の前《まえ》が急《きゅう》にくらくなる。

そして、足《あし》もとからは、しめった土《つち》をふむ感触《かんしょく》と、音《おと》がした。

……………よっしゃあ！　外《そと》に出《で》られた！　思《おも》ったとおりだ！

走《はし》りながら、ふりかえると、コンビニなんて、どこにも無《な》い。

やっぱりな。そうじゃないかと、思《おも》ってたから、おどろかないんだもんね！

ちょっとだけ勝《か》った気分《きぶん》になりつつも、走《はし》りつかれたところで、立《た》ち止《ど》まる。

また、シッジが「腰《こし》ヌケー!」ってさわぐかな、って、思《おも》ったら。

シツジは、オレのアタマにしがみつき、メソメソしてた。

「オバケから、キモチワルイって言《い》われたぁ! ボク、オバケこわいですぅ! うわーん!」

オバケがこわいって……そう言《い》うおまえは、いったいなんなんだ。

それにしても、やっぱり、あのカエルはオバケだったんだな。

……ってことは、このきもだめしの、おどかし役《やく》って、ヒトじゃなくオバケなのか?

「これで終《お》わりじゃあ……ないんだろうなぁ」

そう考《かんが》えたら、背《せ》すじがゾワッとしてくる。

兄《にい》ちゃんにバカにされたっていいから、もう帰《かえ》りたいかも……なーんて、考《かんが》えたそのとき。

びゅう!

強《つよ》くて、なまあたたかい風《かぜ》が、いっしゅんだけ、ふきつけてきた。

そして、森《もり》の木《こ》の葉《は》が、ガサガサゆれた……と、思《おも》ったら。

「**おぅおぅ!** なに、ジロジロ見《み》てるんだぁ!?」

シツジがいきなり、さわぎだした。

「な、なんなんだよ、シツジ」

「だってあいつら、ボクたちのこと、ジロジロ見《み》てるんですもん！」

「……はぁ？　あいつらって、どいつら？」

シツジが上《うえ》を向《む》いて、さけぶもんだから、オレもつられて、見上《みあ》げてしまった。

頭上《ずじょう》には、枝《えだ》や葉《は》がびっしり広《ひろ》がってて、夜空《よぞら》が見《み》えない。そして、その枝葉《えだは》のスキマからは、たくさんの目《め》が、オレたちを見下《みお》ろしてた。

たくさんの目《め》が、バラバラに、まばたきするのって、すごくキモチわる——

——————は？　目《め》？

「ほげぇああああひゃあああ!?　目《め》ぇええええ!?」

ヤギみたいなオレのさけび声《ごえ》が、森《もり》の中《なか》にこだました……かどうかは、知《し》らない！

4 ウデダメシでキモダメシ

「めえええええええええええええぇぇぇ！」

オレは森《もり》の中《なか》を、爆走《ばくそう》していた。

ヒモをみじかくにぎり……シツジをブンブンと、ふり回《まわ》して。

「やぁーめぇーてぇー！　ごーしゅーじーんー！」

シツジが悲鳴《ひめい》をあげてるけど、とめられない、とまらない。

とちゅう、なにかをボヨンボヨンと、はねとばした……気《き》がする。

でも、知《し》ったこっちゃねぇ！

「めぇぇぇぇぇぇぇぇぇぇ！」

おたけびをあげながら、エネルギーがつきるまで、走《はし》りつづけるしかないのだ！

どのくらい、走《はし》ったころだろう。

――ガラン、シャラン

すぐ近《ちか》くから聞《き》こえてきた音《おと》に、オレの足《あし》は、ようやく止《と》まった。
な、なんだ、今《いま》の？
神社《じんじゃ》にある、でっかい鈴《すず》の音《おと》だったような……。
ゼェゼェと息《いき》をはきながら、おそるおそる、音《おと》のしたほうへ懐中電灯《かいちゅうでんとう》をむける。
するとそこには、小《ちい》さな建物《たてもの》があった。
中《なか》はまっくらで、やねにも、カベにも、大《おお》きな穴《あな》があいてる。
……廃墟《はいきょ》、ってやつなのかな？
近《ちか》づかないほうが良《い》い気《き》もするけど……きもだめしなら、そうはいかない。
「どうしようか、シツジ……って、しまった！」
オレがブン回《まわ》したせいで、シツジが、ぐったりしちゃってる！
目《め》も、クルクルクルクル回《まわ》ってるし！
「わわわ、ごめんな！　シツジ！」
オレはあわてて、シツジをだきあげる。
それから、もう一度《いちど》、懐中電灯《かいちゅうでんとう》であたりを照《て》らしてみると。

オレのすぐそばに、石《いし》の板《いた》が、立《た》ってることに気《き》づいた。

板《いた》は、オレの背《せ》と同《おな》じぐらいの高《たか》さで、でっかく『**百々鬼ヶ原神社**』とほってある。

「ええと……？　……ヒャクヒャク、オニ？」

とりあえず、神社《じんじゃ》の名前《なまえ》みたいだけど……読《よ》み方《かた》がわかんないや。

「シツジ、おまえ、これ知《し》ってるか？」

ダメもとで、いちおう聞《き》いてはみたけど。

「グルグルまわる〜セカイがまわる〜ボクもまわってる〜〜」

……ダメだこりゃ。いや、オレのせいだけど。


「それは、『モモキガハラ』とよむ。むかしは、その字《じ》じゃった」


トツゼン、うしろから声《こえ》がした！

懐中電灯《かいちゅうでんとう》をむけながら、ふりかえると、そこにいたのは……ヒトじゃない！

なにかの動物《どうぶつ》が、うしろ足《あし》で立《た》って、こっちを見《み》てる！

……あれは、たしか。

「あ、アライグマがしゃべった!? いや、レッサーパンダ!?」

「どっちも、ちがうわい。タヌキじゃ。見《み》た目《め》、だけじゃがの」

そう言《い》うと、自称《じしょう》タヌキはこっちへと歩《ある》いてきた。……うしろ足《あし》だけで。

どんどん近《ちか》づいてくるもんだから、オレは思《おも》わず、あとずさる。

……だって、どう考《かんが》えても、オバケだろうし。

ちょっとカワイイですけど、でも、オバケですよね。たぶん。

「こわがらんでいい。わしの名《な》は『ソソケ』。この森《もり》のオバケの、まとめ役《やく》じゃ」

タヌキが名《な》のると、今度《こんど》は、タヌキの足《あし》もとから、ぴょこっと小《ちい》さいのが出《で》てきた。

「ソソケさまは、このもりの、ちょうろうさまだぞ!」

ふんぞりかえりながら言《い》った、小《ちい》さいのは、なんだか毛《け》がボサボサだ。

……タワシのオバケかな?

「あ〜、タワシだぁ〜」

オレにだきかかえられたまま、シツジがヘロヘロの声《こえ》で、そう言《い》った。

「タワシじゃねぇ!」

「……こやつは、わしの弟子《でし》の『マメ』じゃ。タワシではなく、子《こ》ダヌキじゃな」

オバケにも、弟子《でし》がいたりするのか。

オレがひそかにカンシンしてると、ソソケは「さて」と、つぶやいた。

「おぬしの『きもだめし』は、わしらの森《もり》の新入《しんい》りオバケにとっては、『うでだめし』なのじゃよ。うまくヒトをこわがらせることができるか、というぐあいにの」

「うでだめし……やっぱり、おどかし役《やく》って、ヒトじゃなくて、オバケだったのかぁ」

「んむ。あの、こんびに？　とかいう店《みせ》におったのは、失敗《しっぱい》しおったがな」

「あれは……こわいというより、ビックリした」

「ほぉ？　犬《いぬ》だの目玉《めだま》だのは、たいそう、こわがっとったようだがのぅ？」

そう言《い》ってソソケは笑《わら》う。タヌキの笑《わら》い顔《がお》なんて、はじめて見《み》た！

「あ、あれも、びっくりしただけだって！」

「ま、どっちでもよいわい。あれだけさけんで、にげ回《まわ》ってくれたなら、オバケのうでだめしは、大成功《だいせいこう》じゃ。……まぁ、なんびきか、ふっとばされたようじゃがの」

「え、ええと……それは、ごめん」

やっぱり、オバケたちを、はねとばしてたか……。

「べつにかまわんよ。……それにしても、おどろいた。眠田《ねむりだ》の弟《おとうと》ボウズまで、わしらが視《み》えるようになったとは」

ソソケはそう言《い》うと、オレのすぐそばへと、テトテト歩《ある》いてきた。

そのあとにタワシ、じゃない、マメもつづく。

「あの……弟《おとうと》、ってことは、兄《にい》ちゃんのこと、知《し》ってるの？」

「むろん。昼間《ひるま》、『**かわいいオレの弟のために、きもだめしの用意《ようい》をしろ**』と言《い》いにきよってな。

それも、今晩《こんばん》すぐやれと、ぬかしおる。あいかわらず無茶《むちゃ》を言《い》うヤツじゃ」

ソソケは、ふひぃ、と、ため息《いき》をついた。

かわいい弟《おとうと》って……どう考《かんが》えても嫌《いや》がらせじゃないか、それ！

「兄《にい》ちゃんも、むかし、きもだめしをやったって聞《き》いたけど……どんな感《かん》じだった？」

「んむ。……始《はじ》まってすぐ、逃《に》げだしてのぅ」

「えっ!?　逃《に》げたのっ!?」

「そのときは、眠田《ねむりだ》の将来《しょうらい》を、不安《ふあん》に思《おも》ったものだが……いやはや、とんでもなかった」

……くわしく聞《き》くまえから、イヤな予感《よかん》がしますです。

「そのあとしばらくして、もどって来《き》たのはいいが、自転車《じてんしゃ》に乗《の》っておって……そのまま、夜《よる》の森《もり》を爆走《ばくそう》しおった。笑《わら》いながら、オバケどもを、すさまじい速《はや》さで追《お》いかけまわしてのぅ」

ものすごーく、その時《とき》のことが、想像《そうぞう》できる……。

「フブキが来《き》て、止《と》めてくれたから、よかったものの……**精《せい》も根《こん》もつきはてて、あやうく消《き》えかけたオバケは、20や30ではない**」

ひ、ひえええええ!!　何《なに》してんだよ、兄《にい》ちゃん!

「フブキがあんな、おこったとこ、オレ、はじめてみたよ。しょんべん、もらすかとおもった」

こくこくこくと、うなずきながら、マメも言《い》う。

「もももっ、モウシワケございませんでした！」

オレは考《かんが》えるより先《さき》に、アタマをさげていた。

「おぬしがあやまることではない。兄《あに》がやったことじゃ。それより、おぬし、みごと、きもだめしをなしとげたの。証《あかし》をやらねばな」

ソソケはそう言《い》うと、顔《かお》のまわりのフカフカの毛《け》の中《なか》から、なにかを取《と》りだした。

ハデハデなピンクの、なんかジャラジャラした……あ！

「バアちゃんの、小銭《こぜに》いれだ！」

「んむ。このあいだ、そなえものを持《も》ってきたとき、落《お》としたんじゃろ」

ソソケはオレに、小銭《こぜに》いれを手《て》わたした。

「かえしに行《い》ってもよかったが、盆前《ぼんまえ》はわしらも、なにかといそがしくての」

……お盆《ぼん》の前《まえ》はオバケもいそがしいって、ホントだったのか。

「中《なか》に、わしの毛《け》がひとつまみ、入《はい》っとる。それはおぬしへの、ごほうびじゃ」

タヌキの毛《け》が、ごほうび？　……化《ば》かされて、ないよね？

「誇《ほこ》ってよいぞ。歳《とし》かんけいなく、この森《もり》にきもだめしに入《はい》った子《こ》の、ほとんどは、気《き》をうしなうか、泣《な》きながら夜明《よあ》けをまつことしか、できんのじゃ」

「マジ!?　でも、アキちゃんは、５歳《さい》で成功《せいこう》させたんだろ？」

「んむ。たしかにあのムスメは、わしらがどれだけ、おどかしても、悲鳴《ひめい》ひとつあげんかった。あっというまに、ここまで来《き》て、証《あかし》をうけ取《と》ったら、あっというまに、帰《かえ》りおった」

……５歳《さい》のアキちゃん、すげぇ！

オレが感動《かんどう》していると、シツジが、オレとソソケの間《あいだ》に、グイグイとわりこんでくる。

そして、フン、と鼻息《はないき》あらく、胸《むね》をそらした。

「ボクがいっしょだったんだから、ご主人《しゅじん》がセイコーするのは、トーゼンです！」

「そうか？　おぬしがいたから、ダメかもしれんと思《おも》ったんじゃがの」

ソソケは、あきれたように言《い》うと、オレに、こうささやいた。

「おぬし、眠田《ねむりだ》のしもべ……にしては、んーむ、なんと言《い》うか……その、どうにも、おかしなオバケをだな」

ソソケが言《い》いたいことは、だいたいわかるけど……。

シツジって、オバケから見《み》ても、ヘンテコなのか？

「なんだとぅ！　ボクのことを、世界一《せかいいち》カッコイイって思《おも》ってるご主人《しゅじん》を、バカにするな！」

「べつにオレ、おまえをカッコイイとは……って！　シツジ、やめろっ！」

さけんだときには、もうおそい。

シツジがソソケに、とびかかった……そのとき。

マメがジャンプすると、シツジを、けっ飛《と》ばしちゃった！

「ふげっ！」

ドベシャッ！

シツジはうめき声《ごえ》をあげて、地面《じめん》に落《お》っこちる。

……ち、ちっちゃいのに、こいつ強《つよ》い！

「これマメや。また、そんなランボウを」

「ソソケさまになにする。えい」

マメが、ひっくりかえってるシツジの頭《あたま》に、鼻《はな》さきを、ぺたりとくっつけたとたん。

シツジのおなかのあたりが、ぶわん、と大《おお》きくふくらんだ！

「うわっ!?　シツジ、おまえ、おなかがっ！」

「**うひー！**」

シツジのおなかが、風船《ふうせん》みたいに、浮《う》きあがってく。

オレはシツジがとんで行《い》かないように、あわててヒモをにぎりしめた。

シツジは、その場《ば》でプカプカ浮《う》いたまま、おなかだけがどんどん、ふくらみつづける。

「ソソケ、もとにもどしてくれよ！　このままだと、シツジが！」

「うわーん！　ご主人《しゅじん》ー！　なんでボクばっかりが、こんな目《め》にー！」

シツジのおなかが大《おお》きくなるにつれ、浮《う》きあがる力《ちから》もどんどん強《つよ》くなる。

ヒモがビィンとのびるから、オレは手《て》をはなさないようにするので、せいいっぱいだ。

その間《あいだ》にも、シツジはブワブワ浮《う》きあがり、今《いま》にも、木《き》の枝《えだ》や葉《は》にさわりそう。

まずい、木《き》の枝《えだ》に引《ひ》っかかりでもしたら……ハレツしちゃうぞ！

「がんばれシツジ！　……ソソケ、たのむからシツジを……あ――――！」

シツジのおなかが、木《き》の枝《えだ》にさわった瞬間《しゅんかん》。

パ――――ン！

5 ハジメからキモダメシ！

「あ……れ？」

気《き》づいたら、そこはまだ、森《もり》の中《なか》だった。

あわれ、シツジはハレツ…………してないや。

もとのままの姿《すがた》で、地面《じめん》でバタバタキューキューしてる。

立《た》ってるのはオレ1人《ひとり》で、ソソケやマメの姿《すがた》は、見《み》あたらない。

それどころか、神社《じんじゃ》のあとも、なくなってる！

「シツジ、おちつけ！　おまえ、ハレツなんてしてないぞ！」

「ふぇ？　……ってことは、ボクがあいつら、やっつけたんです？　ボクつよいんです!?」

「それはちがうけど」

「ボクつよいのにー！」

シツジはともかく、オレたち、タヌキに化《ば》かされ……いや、バカにされたのかな。

気《き》をとりなおし、ゆっくりあたりを見回《みまわ》すと……あれ？　兄《にい》ちゃんが見《み》える。

……もしかして、森《もり》の入口《いりぐち》に、もどされたってこと？

オレは、シツジをひっぱりながら、兄《にい》ちゃんのところへ、駆《か》けていった。

「おっ！　思《おも》ったより早《はや》かったな！　ええと……30分《ぷん》ってとこか」

スマホで時間《じかん》を確認《かくにん》しながら、兄《にい》ちゃんが言《い》った。

「30分《ぷん》って……まだそのくらいなの!?　2時間《じかん》ぐらい、たってるかと思《おも》ってた！」

「そんなに待《ま》ってられるか。こんなに、蚊《か》が多《おお》いとこで」

「でも、さっきはすぐ、いなくなってたじゃん！　オレ、見《み》たんだからね！」

「はぁ？　そんなハクジョーなことするわけねぇだろ。……たぶん、スタートした時点《じてん》から、マボロシでも見《み》せられてたんだろ。な、バァちゃん？」

兄《にい》ちゃんが声《こえ》をかけたほうを見《み》ると、ホントに、バァちゃんがいた。

「アタシは10分《ぷん》ぐらい前《まえ》に、きたばかりだから、知《し》らんね」

「ちょ、オレのムジツを証明《しょうめい》してくれるヒトはいませんかっ!?」

「ボク知《し》ってますよ。ニーチャン、いませんでした！」

「お前《まえ》はずっと、涼《りょう》といっしょだったろうが！」

シツジとにらみあう兄《にい》ちゃんは、ほうっておきまして。

「バァちゃん、これ、ソソケがわたしてくれって。森《もり》に落《お》ちてたってさ」

小銭《こぜに》いれをわたすと、バァちゃんの目《め》が、まんまるになった。

「森《もり》にあったのかい！　……おまえ、ソソケと会《あ》ったってことは、本当《ほんとう》に成功《せいこう》したんだねぇ」

「うん！　中《なか》に、ソソケの毛《け》がひとつまみ、入《はい》ってるらしいよ。それが『証《あかし》』だって」

「どれどれ……うん、まちがいないね。がんばったじゃないか、涼《りょう》」

バァちゃんは、小銭《こぜに》いれの中《なか》から、こげ茶色《ちゃいろ》の毛玉《けだま》をとりだし、見《み》せてくれた。

「ソソケが、これをくれたってことは、涼《りょう》を、気《き》に入《い》ったってことだねぇ」

「そうなの？　なんか、ごほうびって言《い》ってたけど……」

「あぁ。この毛《け》には、古《ふる》い神社《じんじゃ》の神様《かみさま》の、ご加護《かご》があるんだよ」

「あの……すみません、オレは、その毛《け》、もらったことないんですが？」

シツジの足《あし》をつかみ、ふり回《まわ》してた兄《にい》ちゃんが、手《て》をあげながら言《い》った。

「ソソケに嫌《きら》われてるからだろ。ついでに、神様《かみさま》からもね」

「ひでぇよバァちゃん！」

兄《にい》ちゃんはともかく、アキちゃんも、毛《け》をもらったのかな……って、そうだ、アキちゃん！

「ねぇバァちゃん、アキちゃんって、いつ帰《かえ》ったの？」

オレが成功《せいこう》したところを、見《み》てほしかったんだけどなぁ。

「アキ？　……なに言《い》ってるんだい。アキなら今《いま》、家族旅行《かぞくりょこう》で、留守《るす》にしてるじゃないか」

あ、そっか。アキちゃん、きのうから、いないんだった……あれ？

……じゃ、じゃあ、きもだめし前《まえ》に、いっしょに来《き》てくれた、アキちゃんって。

「ど、ど、ど……どちらさま？」

オレがつぶやいた直後《ちょくご》、ブフーッと、兄《にい》ちゃんが、ふきだした。

「マジで気《き》づいてなかったのか！　おどろかねぇから、平気《へいき》なフリしてるのかと、思《おも》ってた！」

……に、兄《にい》ちゃんは、知《し》ってたってことなのかよ！

「いっ、いつから！　キモダメシ！　始《はじ》まってたのっ!?」

「まだまだ、だねぇ。涼《りょう》クンは！　だひゃひゃひゃひゃ！」

「まだまだですねぇ、ご主人《しゅじん》は！　うひゃひゃひゃひゃ！」

兄《にい》ちゃんとシツジは、こんな時《とき》だけいっしょになって、腹《はら》をかかえてわらいだす。

——アッタマ、きた。

「バアちゃん、見《み》てて！　オレ、ちょっとだけシツジを使《つか》いこなせるようになったから！」

オレは、シツジのヒモを、ぐいんっ、と、ひっぱる。

そしてヒモをみじかく持《も》つと、シツジごと、ブンブンふり回《まわ》した！

「うひああああ!?　ご主人《しゅじん》、またですかぁ!?　やめてくださいいいい！」

ブン、ブンブン、ブンブンブン、

ブンブンブンブン！

「兄《にい》ちゃああああん、かくごぉおお！」

「ちょ、おまえっ、武器《ぶき》、つかうのは、ヒキョウだぞ！」

逃《に》げだす兄《にい》ちゃんの背中《せなか》を、オレは全力《ぜんりょく》で、おいかけるのだ！

「……使《つか》いこなすって、そういうイミじゃないんだが

ねぇ」

バァちゃんのあきれ声《ごえ》が、聞《き》こえた気《き》がするけど。

「目《め》が、目《め》が、まわるるるるぅううう！　やーめーてー！」

これって、シツジのお仕置《しお》きにもなって、一石二鳥《いっせきにちょう》じゃない？

こうして、オレのきもだめしは、まくを閉《と》じましたとさ。

……ちなみに、あのアキちゃんの正体《しょうたい》は、いまだにわからない。

四《よ》つ子《ご》ぐらし

お誕生《たんじょう》日《び》会《かい》のプレゼント交換《こうかん》！

ひのひまり

絵《え》／佐倉《さくら》おりこ

キャラクター紹介《しょうかい》
宮美《みやび》三風《みふ》
まじめで、
ちょっと
内気《うちき》な三女《じょ》。
しっかり者《もの》で
優《やさ》しい、
四《よ》つ子《ご》の長女《ちょうじょ》。
宮美《みやび》一花《いちか》
おとなしくて、
無口《むくち》な末《すえ》っ子《こ》。
宮美《みやび》四月《しづき》
元気《げんき》いっぱいで
明《あか》るい、
関西弁《かんさいべん》の次女《じじょ》。
宮美《みやび》二鳥《にとり》
三風《みふ》のクラスメイト。
写真《しゃしん》をとるのが趣味《しゅみ》。
野町《のまち》 湊《みなと》

1　ケーキを買《か》いに

「「「「うわぁ……」」」」

四人同時《にんどうじ》にため息《いき》がもれちゃった。
ここは、デパートのケーキ売《う》り場《ば》。
私《わたし》たち四姉妹《しまい》は、中《ちゅう》ごしでショーケースの前《まえ》にはりついている。
ガラスの向《む》こうにならんでいるのは、いろんな種類《しゅるい》のホールケーキ！
チョコレートケーキのクリームは、ぴんとツノが立《た》ってて、色《いろ》がこくておいしそう。
チーズケーキのこげ目《め》は香《こう》ばしそうで、思《おも》わず口《くち》のなかにツバがわいてくる。
タルトのケーキには、いちごや、ブルーベリー、ラズベリーがぎっしりのってて。
フルーツケーキのメロンやマンゴーは、トロッといかにも甘《あま》そうに光《ひか》っていて……。
まるで……まるで、宝石箱《ほうせきばこ》みたい！

そう思《おも》ったと同時《どうじ》に、

「宝石箱《ほうせきばこ》みたいや！」

と、右《みぎ》どなりで二鳥《にとり》ちゃんが声《こえ》をあげた。

「ええっ？　私《わたし》も今《いま》、宝石箱《ほうせきばこ》みたいって思《おも》ってた！」

「三風《みふ》ちゃんも？　ほんまに？」

私《わたし》と二鳥《にとり》ちゃんは、顔《かお》を見合《みあ》わせてクスッと笑《わら》う。

同《おな》じ瞬間《しゅんかん》に、同《おな》じことを考《かんが》えてたなんて、うふふ、なんだか楽《たの》しくなってきちゃった。

私《わたし》は左《ひだり》を向《む》いて、妹《いもうと》に声《こえ》をかけた。

「四月《しづき》ちゃん、決《き》まった？」

「僕《ぼく》……このケーキがいいです。本当《ほんとう》に宝石箱《ほうせきばこ》みたいだから……」

末《すえ》っ子《こ》の四月《しづき》ちゃんがそっと指《ゆび》さしたのは、メロンとマンゴーのフルーツケーキ。

値札《ねふだ》を見《み》ると……わ、一番小《いちばんち》さい五号《ごう》サイズでも、けっこういい値段《ねだん》。

ふだんなら、絶対《ぜったい》ダメって言《い》われそう。

でも、長女《ちょうじょ》の一花《いちか》ちゃんは、

「いいわね、それにしましょ。今日《きょう》は特別《とくべつ》な日《ひ》だもの」

って、にっこり笑《わら》ってくれた。

「よかったね、四月《しづき》ちゃん」

笑《わら》いかけると、四月《しづき》ちゃんはちょっとはずかしそうに、けれど、うれしそうにうなずいた。

「すみません、このフルーツケーキをください」

店員《てんいん》さんを呼《よ》ぶ一花《いちか》ちゃんの横《よこ》で、私《わたし》たち妹《いもうと》三人《にん》はまだショーケースにへばりついたまま。

だって、どれも見《み》ているだけで幸《しあわ》せになれるんだもん。

「バースデーケーキでしょうか？　サービスでチョコプレートにお名前《なまえ》をお入《い》れできますが、いかがいたしましょう？」

「そうね。それじゃ『いちか・にとり・みふ・しづき』でお願《ねが》いします」

一花《いちか》ちゃんがてきぱきと注文《ちゅうもん》すると、

「……よ、四名様分《めいさまぶん》ですか？」

とまどったような店員《てんいん》さんの声《こえ》が聞《き》こえてきた。

それを合図《あいず》に私《わたし》たち、パッと顔《かお》を上《あ》げて、四人同時《にんどうじ》に返事《へんじ》をした。

「「「「はいっ」」」」

「……まあ……!!」

うふふ、店員《てんいん》さん、目《め》をいっぱいに見開《みひら》いてびっくりしてる。
どうしてかって？
それは、私《わたし》たち四人《にん》が、まったく同《おな》じ顔《かお》をしているから。
長女《ちょうじょ》の宮美《みやび》一花《いちか》ちゃん。
次女《じじょ》の宮美《みやび》二鳥《にとり》ちゃん。
三女《じょ》の私《わたし》・宮美《みやび》三風《みふ》。
四女《じょ》の宮美《みやび》四月《しづき》ちゃん。
実《じつ》はね、私《わたし》たち、四《よ》つ子《ご》なんだ！
だから今日《きょう》・四月《がつ》二十五日《にち》は、姉妹全員《しまいぜんいん》の誕生日《たんじょうび》なの！

ケーキを買《か》ったあと、私《わたし》たちは食料品売《しょくりょうひんう》り場《ば》へと向《む》かった。

そのとちゅう、

「あっ、せや！　今日《きょう》は誕生日《たんじょうび》なんやし、夕飯《ゆうはん》はピザとらへん？」

二鳥《にとり》ちゃんがそんなことを言《い》いだした。でも、

「ダメよ」

一花《いちか》ちゃんにあっという間《ま》に却下《きゃっか》されちゃった。

宮美家《みやびけ》のお財布《さいふ》のヒモは、しっかり者《もの》の一花《いちか》ちゃんがにぎってるんだ。

「えーっ、えーっ、一花《いちか》のケチ」

「ケチで結構《けっこう》。ただでさえケーキで予算《よさん》オーバーなんだから、節約《せつやく》しなきゃ」

一花《いちか》ちゃん、何《なに》を言《い》われてもゆずりそうにない。

二鳥《にとり》ちゃんは「むー……」ってふくれっつらだけど、しぶしぶあきらめたみたい。

「ピザかぁ。食《た》べてみたかったなぁ」

「もう、三風《みふ》まで」

「えへへ。ごめーん。予算《よさん》オーバーなら仕方《しかた》ないよね～」

話《はな》しながら歩《ある》いているうちに、もう食料品売《しょくりょうひんう》り場《ば》に到着《とうちゃく》だ。

「さて、今日《きょう》は何《なに》を作《つく》ろうかしら」

一花《いちか》ちゃんはカゴを手《て》にさげ、売《う》り場《ば》をぐるっと見回《みまわ》しながらつぶやいた。

――え？　誕生日《たんじょうび》なのに、子《こ》どもたちが夕飯《ゆうはん》を作《つく》るの？

――お母《かあ》さんがごちそうを用意《ようい》して、家《いえ》で待《ま》ってくれてるんじゃないの？

なんて思《おも》う人《ひと》もいるかもしれないね。

私《わたし》たちの家《いえ》では、毎日《まいにち》、子《こ》どもだけで夕飯《ゆうはん》を作《つく》ってるんだ。

ごはん作《づく》りだけじゃなくて、そうじとか洗濯《せんたく》とかの家事《かじ》も、みんな自分《じぶん》たちでしているんだよ。

なぜなら、私《わたし》たち、子《こ》どもだけの四人家族《にんかぞく》だから。

私《わたし》たちは四人《にん》とも、赤《あか》ちゃんのころ、バラバラに施設《しせつ》に預《あず》けられ、ちがう場所《ばしょ》で育《そだ》てられた。

今《いま》は当《あ》たり前《まえ》に四姉妹《しまい》、なんて言《い》ってるけど、ついこの間《あいだ》まで『自分《じぶん》は家族《かぞく》のいない、ひとりぼっち』だと思《おも》って生《い》きてきたんだ。

それが、国《くに》が始《はじ》めた「中学生自立練習計画《ちゅうがくせいじりつれんしゅうけいかく》」のおかげで、この春《はる》に初《はじ》めて、姉妹《しまい》がいるってことがわかって……。

なんと、四人《にん》いっしょにひとつの家《いえ》で暮《く》らせることになったの！

「ね、四月《しづき》は何《なに》が食《た》べたい？」

一花《いちか》ちゃんがたずねると、四月《しづき》ちゃんはびっくりしたように固《かた》まった。

「き……決《き》めていいんですか？　ケーキだって僕《ぼく》が選《えら》んだのに」

「もちろんいいわ。誕生日《たんじょうび》のごちそうも、ケーキと同《おな》じように決《き》めましょうよ。今年《ことし》の誕生日《たんじょうび》は四月《しづき》の好《す》きなもの。来年《らいねん》は三風《みふ》の好《す》きなもの。再来年《さらいねん》は二鳥《にとり》の。そのまた次《つぎ》の年《とし》は私《わたし》の」

「「さんせーい！」」

私《わたし》と二鳥《にとり》ちゃんが、同時《どうじ》に声《こえ》を上《あ》げた。

私《わたし》たち、来年《らいねん》も、再来年《さらいねん》も、これからもずーっと家族《かぞく》なんだもんね。

四月《しづき》ちゃんは、しばらく迷《まよ》っていたけど、やがて、

「じゃあ………ビーフシチューが、食《た》べたいです」

ちゃんと聞《き》こえる大《おお》きさの声《こえ》で、そう答《こた》えてくれた。

「よーし！　そしたらまずはお肉《にく》や！」

二鳥《にとり》ちゃんは思《おも》いっきりうれしそうに笑《わら》って、いきなりその場《ば》からかけだして。

「あっ、待《ま》ちなさい！」

カゴを持《も》った一花《いちか》ちゃんが、そのあとをあわてて追《お》いかけて。

「私《わたし》たちも行《い》こっ、四月《しづき》ちゃん」

「はい」

私《わたし》と四月《しづき》ちゃんは手《て》をつないで、お姉《ねえ》ちゃんたちと同《おな》じ方向《ほうこう》に歩《ある》きだした。

子《こ》どもだけの暮《く》らしって、大変《たいへん》なことも多《おお》いけど、楽《たの》しいことだっていーっぱいある。

たとえば、まさに今日《きょう》。

家族《かぞく》四人《にん》、いっぺんに誕生日《たんじょうび》が来《く》るなんて、なかなか普通《ふつう》じゃありえないよね。

自分《じぶん》たちで選《えら》んだケーキを買《か》って、自分《じぶん》たちの好《す》きなごちそうを作《つく》って。

そうやって、自分《じぶん》たちの誕生日《たんじょうび》——自分《じぶん》たちの最高《さいこう》な一日《いちにち》を、自分《じぶん》たちで作《つく》りあげていく。

これって、私《わたし》たちだけの特権《とっけん》かも！

2　プレゼントさがし

お肉《にく》に、ルーに、玉《たま》ねぎ、にんじん……ビーフシチューの材料《ざいりょう》は全部《ぜんぶ》買《か》えた。

デパートを出《で》ようとしたとき。

自動《じどう》ドアの少《すこ》し手前《てまえ》で、二鳥《にとり》ちゃんがピタッと立《た》ちどまった。

「……なんや足《た》りひんなあ」

「え？　足《た》りないって、何《なに》が？」

私《わたし》がたずねると、二鳥《にとり》ちゃんは『ひらめいた！』と言《い》うように、ポン！　と手《て》を打《う》った。

「せや、プレゼント交換《こうかん》しよ！」

「「プレゼント交換《こうかん》？」」

一花《いちか》ちゃん、私《わたし》、四月《しづき》ちゃんの声《こえ》がぴったり重《かさ》なる。

「そ！　やっぱし誕生日《たんじょうび》ゆうたら誕生日《たんじょうび》プレゼントやろ？　四人《にん》いっぺんに誕生日《たんじょうび》なんやから、

プレゼント交換《こうかん》にしたらええやん」

「交換《こうかん》って……どういうふうに？」

一花《いちか》ちゃんはそうたずねて、うでを組《く》んだけど……まったく反対《はんたい》ってわけじゃなさそう。

「んー例《たと》えば、一花《いちか》はうちに、うちは三風《みふ》ちゃんに、三風《みふ》ちゃんはシヅちゃんに、シヅちゃんは一花《いちか》に。ぐるっとこう、一周《いっしゅう》するようにすんねん」

「いいね、それ！」

私《わたし》、思《おも》わず小《ちい》さく手《て》をたたいた。

プレゼント交換《こうかん》なんてわくわくする。まるでクリスマスみたいだよ。

「なぁええやろ一花《いちか》」

「いいでしょ、一花《いちか》ちゃん」

二鳥《にとり》ちゃんと私《わたし》はそう言《い》っておねだり。

四月《しづき》ちゃんも、一花《いちか》ちゃんをじっと見《み》つめてコクコクうなずいてる。

せまられて、一花《いちか》ちゃんはカバンから長財布《ながざいふ》を取《と》りだし、中《なか》をのぞいた。

私《わたし》たち、中学生自立練習計画《ちゅうがくせいじりつれんしゅうけいかく》の参加者《さんかしゃ》は、国《くに》から毎月決《まいつきき》まった額《がく》のお金《かね》をもらってるの。

といっても、もらえるお金《かね》はそんなに多《おお》くない。その中《なか》で、水道代《すいどうだい》とか、光熱費《こうねつひ》とか、食費《しょくひ》とかのやりくりをしないといけないから、ぜいたくはめったにできないんだ。

節約《せつやく》しなきゃ、って、わかってはいるんだけど、やっぱりプレゼント交換《こうかん》はしたいよ〜……！

三人《にん》でじーっと熱《あつ》い視線《しせん》を送《おく》っていると、一花《いちか》ちゃんは財布《さいふ》から顔《かお》を上《あ》げ、ワントーン低《ひく》い声《こえ》でこう言《い》った。

「……予算《よさん》はひとり二百円《えん》までよ」

「「「やったぁ！」」」

私《わたし》たち三人《にん》の妹《いもうと》は、小《ちい》さく飛《と》びあがって喜《よろこ》んだ。

「じゃあ、今《いま》からは、四人別行動《にんべつこうどう》でプレゼントを探《さが》すんだね」

「せやな。一時間後《じかんご》にここ集合《しゅうごう》でええ？」

「いいえ。ケーキの保冷剤《ほれいざい》は二時間《じかん》しか持《も》たないので、帰《かえ》る時間《じかん》も考《かんが》えると、余《あま》っている時間《じかん》は四十分《ぷん》くらいかと」

わっ……四月《しづき》ちゃん、計算《けいさん》が速《はや》すぎだよ……！

「助《たす》かるわ四月《しづき》。それじゃ、四十分後《ぷんご》の三時《じ》十五分《ふん》、ここに集合《しゅうごう》。いったん解散《かいさん》ね！」

一花《いちか》ちゃん、声《こえ》が弾《はず》んでる。本当《ほんとう》はプレゼント交換《こうかん》が楽《たの》しみなんだ。

私《わたし》たちは一花《いちか》ちゃんからお金《かね》を受《う》けとると、もう一度《いちど》売《う》り場《ば》までもどって、すぐに別《わか》れた。


私《わたし》が探《さが》すのは四月《しづき》ちゃんへのプレゼント。

何《なに》にしようかなぁ、どんなのがあるかなぁ？

って、ワクワクしていたんだけど……プレゼントを選《えら》ぶのって、思《おも》ったよりむずかしいな。

「ネックレス……二百円《えん》じゃ買《か》えないや。キーホルダー……好《この》みがあるよね。シャープペンシルとかの文房具《ぶんぼうぐ》……もう持《も》ってるかもしれないし……うーん」

いろんな売《う》り場《ば》を、あっちへフラフラ、こっちへフラフラ。

あっという間《ま》に十分《ぷん》が経過《けいか》。

「う〜ん……何《なに》がいいかなあ」

なやみながら、エレベーターで三階《かい》まで移動《いどう》すると、

「「あっ」」

エレベーターの扉《とびら》が開《ひら》いた先《さき》で、一花《いちか》ちゃんにばったり会《あ》った。

「一花《いちか》ちゃん！　もう、プレゼント決《き》めた？」

「ええ。二鳥《にとり》へのプレゼント、今買《いまか》ったばかりよ」

「ほんと？　何《なに》にしたの？」

「ふふ、ナイショ」

くちびるに人差《ひとさ》し指《ゆび》を当《あ》てて、一花《いちか》ちゃんはクスッと笑《わら》った。

そのイタズラっぽい表情《ひょうじょう》、二鳥《にとり》ちゃんにそっくり……って、同《おな》じ顔《かお》なんだから当《あ》たり前《まえ》か。

「私《わたし》、何《なに》にしようか迷《まよ》ってるの……。ヒ、ヒントだけでも、ちょうだいっ」

「そうねえ……ヒントは『スワロウテイル』かしら？」

スワロウテイルは、二鳥《にとり》ちゃんが大好《だいす》きな女性《じょせい》アイドルグループだ。

ってことは、アイドルグッズとかかな？

スワロウテイルのグッズって、小鳥《ことり》がモチーフの、かわいいものが多《おお》いんだ。

好《す》きなものをプレゼントされたら、きっとうれしいだろうなぁ。

でも……四月《しづき》ちゃんって何《なに》が好《す》きなんだろう……？

実《じつ》は、つい昨日《きのう》まで、四月《しづき》ちゃんはずっと私《わたし》たちに——ううん、周《まわ》りの人《ひと》たちみんなに心《こころ》を閉《と》ざしてたんだ。

四月《しづき》ちゃん、いつも下《した》を向《む》いてて、無口《むくち》で、自分《じぶん》の意見《いけん》だって、なんにも言《い》わなくて。

でも、今朝《けさ》、とある大事件《だいじけん》が起《お》きて、それがきっかけで、やっと心《こころ》を開《ひら》いてくれたの。

そんなわけだから、私《わたし》、まだ四月《しづき》ちゃんのことをよく知《し》らないんだよね。

あぁ……何《なに》か聞《き》いておけばよかったなあ。

好《す》きな芸能人《げいのうじん》とか、好《す》きなマンガとか、好《す》きな音楽《おんがく》とか……。

小《ちい》さく後悔《こうかい》しながら、アクセサリー売《う》り場《ば》、文具《ぶんぐ》売《う》り場《ば》、おもちゃ売《う》り場《ば》……。

一花《いちか》ちゃんと別《わか》れて一人《ひとり》になってから、さらにぐるぐる迷《まよ》っていると、

「あっ！　おーい、三風《みふ》ちゃーん」

「二鳥《にとり》ちゃん！　と、四月《しづき》ちゃん……！」

一階《かい》の、エスカレーター横《よこ》のベンチで、二鳥《にとり》ちゃんと四月《しづき》ちゃんに出会《であ》った。

ベンチに座《すわ》って休憩《きゅうけい》してるってことは、二人《ふたり》も、もうプレゼントを決《き》めたみたい。

「三風姉《みふねえ》さんも、もう買《か》ったんですか？」

「私《わたし》、まだなの……。四月《しづき》ちゃんは何《なに》にしたの？」

「僕《ぼく》は、えっと……実用的《じつようてき》なものを……だけど、一花姉《いちかねえ》さんに気《き》にいってもらえるか……」

四月《しづき》ちゃん、もじもじしてる。

実用的《じつようてき》なものって、文房具《ぶんぼうぐ》とかかな？

「一花《いちか》ちゃんってまじめだから、実用的《じつようてき》なもの、きっと喜《よろこ》んでくれると思《おも》うよ」

そう言《い》ってはげますと、四月《しづき》ちゃんはホッと小《ちい》さく息《いき》をついた。

「二鳥《にとり》ちゃんは？　何《なに》を買《か》ったの？」

「うちは、三風《みふ》ちゃんにピッタリの、今《いま》ちょうどはやりだしてる、ア・レ。……っていうか、聞《き》いたらあかんやん。こういうのは『何《なに》がもらえるかお楽《たの》しみ』なんやもん」

「あ……そ、そっか」

それもそうだよね。

四月《しづき》ちゃんに直接《ちょくせつ》「何《なに》がほしい？」って聞《き》こうかと、一瞬《いっしゅん》思《おも》ったけど。

それはプレゼント交換《こうかん》のルール違反《いはん》（？）かな。

「ごめんね、またね」

私《わたし》は手《て》をふって、買《か》い物《もの》にもどった。

うぅ〜、どうしよう。もう一度《いちど》三階《かい》へ行《い》ってみようかな。

もしかしたら、さっき見落《みお》とした商品《しょうひん》があるかもしれないし。

私《わたし》は上《のぼ》りのエスカレーターに乗《の》った。

……それにしても。

一花《いちか》ちゃんは、スワロウテイルのグッズ。

四月《しづき》ちゃんは、実用的《じつようてき》なもの。

二鳥《にとり》ちゃんは、今《いま》はやっている何《なに》か。

みんなそれぞれ、まったくちがうものを買《か》ってるんだなあ。

私《わたし》たち、バラバラに育《そだ》てられたから、同《おな》じ顔《かお》だけど、性格《せいかく》は全然《ぜんぜん》ちがうんだよね。

一花《いちか》ちゃんは里親《さとおや》さんのお家《うち》で育《そだ》った。

だから、家事《かじ》にもなれてて、料理《りょうり》も上手《じょうず》で、まさに、しっかり者《もの》のお姉《ねえ》さん、って感《かん》じ。

二鳥《にとり》ちゃんは大阪《おおさか》の、とあるお家《うち》の養子《ようし》だった。

本当《ほんとう》の娘《むすめ》みたいに大切《たいせつ》にされてたから、明《あか》るくておしゃれで、元気《げんき》いっぱい。

私《わたし》はずっと施設《しせつ》で育《そだ》った。

他人《たにん》には「まじめそう」とか言《い》われるけど、本当《ほんとう》は怖《こわ》がりで、ちょっぴりドジで泣《な》き虫《むし》で。

四月《しづき》ちゃんもずっと施設育《しせつそだ》ちで……ある理由《りゆう》から、ちょっと内気《うちき》でひかえめ。

でも、実《じつ》は頭《あたま》がすっごくいいんだよ。

似《に》てるようでみんなちがう。

育《そだ》ってきた場所《ばしょ》も環境《かんきょう》もちがう。

考《かんが》えてることだって全然《ぜんぜん》ちがう。

そのことを、こういうとき、ちょっと思《おも》いだしちゃうんだ……。


三階《かい》についた。さあ、どのお店《みせ》を見《み》ようかな。

エスカレーターを降《お》りて、歩《ある》きだしたとき。

――ピンポンパンポーン。お客様《きゃくさま》に、午後《ごご》三時《じ》を、お知《し》らせいたします……

アナウンスが聞《き》こえて、ギクッ。

思《おも》ったより時間《じかん》、たってたんだ……！

午後三時《ごごじ》ってことは、あと十五分《ふん》しかないよ。

四月《しづき》ちゃんは何《なに》がほしいのかな…………うぅ、わからない。

いらないものをあげちゃって、がっかりさせちゃったらどうしよう。

せっかくの誕生日《たんじょうび》なのに、四月《しづき》ちゃんだけうれしくないって思《おも》ったりしたらどうしよう。

私《わたし》、少《すこ》し前《まえ》まで、四月《しづき》ちゃんのつらい過去《かこ》だって何《なに》も知《し》らなかったし……。

あせればあせるほど、胸《むね》に不安《ふあん》が広《ひろ》がっていく。

落《お》ちつこう。まずは落《お》ちつこう、私《わたし》……。

そう思《おも》って、案内板《あんないばん》のあるエレベーターホールで足《あし》を止《と》めた。

そのとき、

「あれ？　三風《みふ》ちゃん？」

うしろからかけられたのは、聞《き》きなれた男《おとこ》の子《こ》の声《こえ》。

パッとふりむくと、

「わっ、湊《みなと》くん……!?」

ちょっと長《なが》めの、ぴんぴんはねた髪《かみ》。

見《み》ればホッとする、人《ひと》なつっこい笑顔《えがお》。同《おな》じクラスの、
野町湊《のまちみなと》くんだ!

と思《おも》ったら、

「ん……?」

「……ええっ!?　な、何《なに》……!?」

急《きゅう》に、じーっと顔《かお》をのぞきこまれて、私《わたし》は内心大《ないしんおお》あわて。

その数秒後《すうびょうご》、湊《みなと》くんは納得《なっとく》したように何度《なんど》かうなずいた。

「うん。三風《みふ》ちゃんだ。一花《いちか》さんでも二鳥《にとり》さんでも四月《しづき》さんでもない。三風《みふ》ちゃんだね」

な、なあんだ……。本当《ほんとう》に私《わたし》かどうかをたしかめてたんだ。

私《わたし》たち姉妹《しまい》は顔《かお》がそっくりだから、パッと見《み》ただけじゃ、だれがだれだかわからない。

一応《いちおう》、髪型《かみがた》と髪飾《かみかざ》りの色《いろ》で、見分《みわ》けがつきやすいようにはしているつもり。

ピンクの髪飾《かみかざ》りで、ポニーテールなのが一花《いちか》ちゃん。

赤《あか》い髪飾《かみかざ》りで、ツインテールなのが二鳥《にとり》ちゃん。

水色《みずいろ》の髪飾《かみかざ》りで、三《み》つ編《あ》みなのが私《わたし》・三風《みふ》。

紫色《むらさきいろ》の髪飾《かみかざ》りで、ハーフアップなのが四月《しづき》ちゃん。


っていうふうにね。


「えっと……湊《みなと》くんは、今日《きょう》、買《か》い物《もの》？」

何《なに》かお話《はなし》しなくちゃ、と思《おも》って、そう聞《き》いてみた。

私《わたし》と湊《みなと》くんは、席《せき》がとなりということもあって、入学式《にゅうがくしき》の日《ひ》に仲《なか》よくなったんだ。

教室《きょうしつ》で毎日顔《まいにちかお》を合《あ》わせているけれど、二人《ふたり》きりになると、どうしても緊張《きんちょう》しちゃうんだよね。

しかも今《いま》は、私服《しふく》だし……私服《しふく》で会《あ》うの、そういえば初《はじ》めてだし。

「うん。買《か》い物《もの》……っていうか、荷物持《にもつも》ち？　母《かあ》さんと姉《ねえ》ちゃんの。今《いま》は別行動《べっこうどう》だけど」

ちょっと決《き》まりが悪《わる》そうに湊《みなと》くんは答《こた》えた。

お母《かあ》さんやお姉《ねえ》さんとデパートに来《く》るなんて、はずかしいと思《おも》っているのかもしれない。

あはは……その気持《きも》ち、なんとなくわかるかも。

なんて思《おも》ったら、ちょっとは緊張《きんちょう》、とけたかな。

「三風《みふ》ちゃんも買い物《かいもの》？」

「うん。お姉《ねえ》ちゃんたちと」

「そうなんだ」

湊《みなと》くんは、私《わたし》が持《も》っている買い物《かいもの》ぶくろにちらりと目《め》を向《む》けた。

お肉《にく》に、ルーに、玉《たま》ねぎ——今日《きょう》買《か》ったビーフシチューの材料《ざいりょう》が見《み》えている。

「子《こ》どもだけで来《き》たの？　お母《かあ》さんは？」

「あっ……えっ、と……」

答《こた》えにつまっちゃった。

湊《みなと》くんは、私《わたし》たちの事情《じじょう》——私《わたし》たちには親《おや》がいなくて、子《こ》どもだけで暮《く》らしてるってこと——を、知《し》らないんだ。

いつかは知《し》ってほしいと思《おも》ってるんだけど……。

本当《ほんとう》のことを言《い》ったら、気《き》をつかわせちゃうかな、とか、引《ひ》かれたらどうしよう、とか。

そんなことを思《おも》うと、なかなか言《い》いだす勇気《ゆうき》が出《で》なくて……。

「……うん、今日《きょう》は、姉妹《しまい》四人《にん》だけで買《か》い物《もの》に来《き》たんだよ。おつかいだよ」

なんて、ついごまかしてしまった。

「そうなんだ。えらいなあ」

「そんなこと、ないよ～……」

「……で？　なんかあった？」

ドキッ。

「え？　な、なんかって？」

「うーん、なんとなく元気《げんき》がないような感《かん》じがしたから」

湊《みなと》くんってけっこうするどくて、私《わたし》が落《お》ちこんでいたら、こんなふうにすぐ気《き》づいちゃう。

私《わたし》たちの事情《じじょう》についてはまだ話《はな》せないけど……今《いま》なやんでることは、相談《そうだん》してみようかな。

「実《じつ》は……今日《きょう》、私《わたし》たちの誕生日《たんじょうび》なの。それで、姉妹《しまい》でプレゼント交換《こうかん》をすることになって……でも、何《なに》にしたらいいかわからなくて、迷《まよ》ってるんだ」

「あぁ、そうだったんだ」

湊《みなと》くんはまじめな顔《かお》で聞《き》いたあと、ニコッと笑《わら》って、こう言《い》った。

「俺《おれ》なら、何《なに》をもらっても、自分《じぶん》のことを考《かんが》えて選《えら》んでくれたものならうれしいけど」

何《なに》をもらっても、自分《じぶん》のことを考《かんが》えて選《えら》んでくれたものなら――？

「そう、かな？　本当《ほんとう》にそうかな？」

「そうさ。三風《みふ》ちゃんだって、そうじゃない？」

言《い》われてみれば……そうかも。

私《わたし》も、姉妹《しまい》が自分《じぶん》のことを考《かんが》えて選《えら》んでくれたものなら、何《なに》をもらったって、うれしい。

「そう、だよね……。プレゼントって、物《もの》をもらうこともうれしいけど……『私《わたし》のことを考《かんが》えて私《わたし》のために選《えら》んでくれたんだ』っていう気持《きも》ちだって、うれしいもんね……」

それに気《き》がついたら、なんだかちょっと心《こころ》が軽《かる》くなった。

時間《じかん》はあと十分《ぷん》もない。急《いそ》がなくちゃ。

「ありがとう湊《みなと》くん。もう一度《いちど》考《かんが》えて、選《えら》んでみるよ。またね！」

別《わか》れをつげて、私《わたし》は急《いそ》ぎ足《あし》でお店《みせ》のある方《ほう》へ向《む》かう。すると、

「三風《みふ》ちゃんがんばって！　お誕生日《たんじょうび》、おめでとう！」

追《お》いかけてきたのは、湊《みなと》くんの明《あか》るい声《こえ》。

すっごくすっごくうれしい言葉《ことば》。

耳《みみ》にとどいた瞬間《しゅんかん》、胸《むね》が、きゅーんとなった。

「ありがとう！　がんばるーっ」

私《わたし》、ふりむいて、湊《みなと》くんに大《おお》きく手《て》をふった。

私《わたし》が向《む》かったのは、三階《かい》のファンシー雑貨《ざっか》売《う》り場《ば》。

ここなら、かなり大《おお》きな売《う》り場《ば》だし、二百円《えん》で買《か》えそうなものもいっぱいある。

いいプレゼントが見《み》つかる……といいなぁ……！

「何《なに》をもらっても、自分《じぶん》のことを考《かんが》えて選《えら》んでくれたものならうれしい……」

湊《みなと》くんのアドバイスを胸《むね》の中《なか》でくりかえして。

四月《しづき》ちゃんのこと、ひとつひとつ思《おも》いだしてみた。

四月《しづき》ちゃん、今《いま》までどんなこと話《はな》してたっけ。

家《いえ》ではいつも、どうしてるっけ。

学校《がっこう》ではいつも、どうしてるっけ。

どんなものが必要《ひつよう》かな。何《なに》なら喜《よろこ》んでくれるかな。

「そうだ、四月《しづき》ちゃん……紫色《むらさきいろ》が一番好《いちばんす》きって言《い》ってた。それから……それから……あっ！」

ひらめいた私《わたし》は、ひとつの商品《しょうひん》を手《て》に取《と》った。

「これなら、喜《よろこ》んでくれる……かな？」

3 バースデーパーティー！

夕方《ゆうがた》。

きれいに飾《かざ》られた部屋《へや》には、ビーフシチューのいいにおいが広《ひろ》がっている。

四つのグラスにサイダーを注《そそ》いだら、いよいよバースデーパーティーの始《はじ》まりだ。

ケーキの箱《はこ》をそっと開《あ》けると、出《で》てきたのは、あのおいしそうなフルーツケーキ。

《おたんじょうびおめでとう　いちか　にとり　みふ　しづき》

真《ま》ん中《なか》には、四人《にん》の名前《なまえ》がきゅうくつそうに書《か》かれたチョコレートものっている。

「……すごい………」

四月《しづき》ちゃん、ケーキを見《み》つめて、目《め》をきらきらさせてる。

「バースデーケーキも、名前《なまえ》の書《か》かれたチョコレートも、初《はじ》めてです……！」

うれしそうな妹《いもうと》を見《み》て、私《わたし》たち三人《にん》のお姉《ねえ》ちゃんは、視線《しせん》を交《か》わしてほほえんだ。

私《わたし》たち、いつもそっくりだけど、今《いま》はおそろいのワンピースを着《き》てるから、特《とく》にそっくり！

真《ま》っ白《しろ》でフワフワで、色《いろ》ちがいのリボンがついたワンピース。

私《わたし》たちの自立《じりつ》を支援《しえん》してくれている、クワトロフォリアっていう大《おお》きな会社《かいしゃ》から、新生活祝《しんせいかついわ》いとしてもらったものなんだけど……普段着《ふだんぎ》にするにはもったいなくて、ずっとしまっていたの。

でも、今日《きょう》はパーティーだから！　って、さっきみんなで着替《きが》えたんだ。

「よっしゃ！　歳《とし》の数《かず》だけろうそくさすで〜！」

二鳥《にとり》ちゃんはノリノリで、色《いろ》とりどりのろうそくをふくろから取《と》りだした。

すると、あわてたのは一花《いちか》ちゃん。

「ちょ、ちょっと待《ま》って。あんた、十三本《ぼん》も本当《ほんとう》にさす気《き》？」

「十三歳《さい》なんやもん、当然《とうぜん》」

「こんな小《ちい》さいケーキに十三本《ぼん》もさしたら危《あぶ》ないわ。燃《も》えあがってキャンプファイヤーみたいになっちゃう！」

ふふっ、一花《いちか》ちゃんの言《い》い方《かた》、大《おお》まじめだ。

「キャンプファイヤーだって」

「ふふふっ」

私《わたし》と四月《しづき》ちゃんはクスクス笑《わら》う。

二鳥《にとり》ちゃんは不満《ふまん》そうにくちびるをとがらせた。

「えーっ。せやったらもっと、ごっついケーキ買《こ》うたらよかったのにぃ」

「今《いま》さらそんなこと言《い》わないの。四人《にん》なんだから、四本《ほん》でいいわね？」

一花《いちか》ちゃんは二鳥《にとり》ちゃんからろうそくを取《と》りあげ、ケーキにてきぱきとさしていった。

そして、マッチをすり、手際《てぎわ》よく、それらのろうそくに火《ひ》を灯《とも》して……。

「よし。じゃあ、電気消《でんきけ》すよーっ」

全部火《ぜんぶひ》がついたところで、私《わたし》は部屋《へや》の電気《でんき》を、パチン、と切《き》った。

ピンクのろうそく、赤《あか》いろうそく、水色《みずいろ》のろうそく、紫色《むらさきいろ》のろうそく。

宝石箱《ほうせきばこ》みたいなケーキの上《うえ》で。

四人《にん》の色《いろ》。灯《とも》る小《ちい》さな光《ひかり》。

私《わたし》たちが祝《いわ》う、私《わたし》たちの誕生日《たんじょうび》。

「……私《わたし》、昔《むかし》は誕生日《たんじょうび》なんて大《だい》きらいだったわ」

ろうそくの火《ひ》を見《み》つめながら、ぽつんと、一花《いちか》ちゃんが言《い》った。

「うちも」「私《わたし》も」「……僕《ぼく》も」

二鳥《にとり》ちゃんと私《わたし》と四月《しづき》ちゃんはうなずく。

誕生日《たんじょうび》なんて、大《だい》きらいだった。

だって、私《わたし》たちの「誕生日《たんじょうび》」は「生《う》まれた日《ひ》」じゃない。

「施設《しせつ》に預《あず》けられた日《ひ》」だ。

私《わたし》たちのお母《かあ》さんは、どこにいるかわからないから……本当《ほんとう》の誕生日《たんじょうび》も、わからないんだ。

「だけど、今日《きょう》のこの誕生日《たんじょうび》は、大好《だいす》きです」

今度《こんど》は四月《しづき》ちゃんが小《ちい》さな声《こえ》で言《い》って、

「私《わたし》も！」「うちも」「私《わたし》もよ」

私《わたし》と二鳥《にとり》ちゃんと一花《いちか》ちゃんが笑《わら》った。

だって、今日《きょう》は姉妹《しまい》四人《にん》でむかえる初《はじ》めての誕生日《たんじょうび》。

今《いま》まで離《はな》ればなれだった私《わたし》たちが、四人《にん》そろってすごせる、大切《たいせつ》な記念日《きねんび》なんだもん。

「歌《うた》お！」

だしぬけに二鳥《にとり》ちゃんがさけんで、手拍子《てびょうし》を打《う》ちはじめた。

「いち、に、さん、ハイ！」

「「「「ハッピーバースデートゥーユー♪　ハッピーバースデートゥーユー♪」」」」

四人《にん》、そっくりな声《こえ》を合《あ》わせて、お祝《いわ》いの歌《うた》を歌《うた》う。

「「「「ハッピーバースデーディア宮美家《みやびけ》ー♪　ハッピーバースデートゥーユー♪」」」」

四人《にん》で四方《しほう》から息《いき》を吹《ふ》きかけると、ろうそくは面白《おもしろ》いほどあっという間《ま》に消《き》えた。

「誕生日《たんじょうび》おめでとう。二鳥《にとり》、三風《みふ》、四月《しづき》」

「おめでとう！　一花《いちか》、三風《みふ》ちゃん、シヅちゃん」

「おめでとうっ。一花《いちか》ちゃん、二鳥《にとり》ちゃん、四月《しづき》ちゃん」

「お誕生日《たんじょうび》、おめでとうございます……一花姉《いちかねえ》さん、二鳥姉《にとりねえ》さん、三風姉《みふねえ》さん」

四人《にん》で声《こえ》をかけあって、

「「「「ふふふっ」」」」って笑《わら》って。

ケーキを切《き》りわけて、みんな同時《どうじ》にほおばった。

口《くち》の中《なか》で、フルーツの甘《あま》ずっぱさと、生《なま》クリームの甘《あま》さがまざりあう。

「んー!!　おいしい〜！」

「おいひ〜っ！　なんぼでも食《た》べられるわ〜」

「本当《ほんとう》……って、ねえ。こういうとき、普通《ふつう》シチューから食《た》べるんじゃない？」

「ええやん！　よそはよそ、うちはうち！　うちでは食《た》べたいのから食《た》べんのが正解《せいかい》や！」

「あははっ！」

楽《たの》しくて、うれしくて、私《わたし》、さっきからずっと胸《むね》がうきうきしてる！


ごちそうを食《た》べたあとは、いよいよ、お待《ま》ちかねの、プレゼント交換《こうかん》。

「ふふ。二鳥《にとり》、これ見《み》たらおどろくわよ。絶対気《ぜったいき》にいるわ」

「うちかてすごいで！　今《いま》だんだんはやってきてるし、形《かたち》も色《いろ》も、三風《みふ》ちゃんにぴったりやし」

「わ、私《わたし》は……すっごく、迷《まよ》ったんだけど、四月《しづき》ちゃんのことを考《かんが》えて選《えら》んだつもり」

「僕《ぼく》はその……。……自信《じしん》ないんですけど……」

言《い》いながら、私《わたし》たちはプレゼントのつつみを取《と》りだし、それぞれの相手《あいて》へ渡《わた》した。

一花《いちか》ちゃんは、二鳥《にとり》ちゃんへ。二鳥《にとり》ちゃんは、私《わたし》・三風《みふ》へ。

私《わたし》は、四月《しづき》ちゃんへ。四月《しづき》ちゃんは、一花《いちか》ちゃんへ。

きれいにラッピングされたつつみは、四つとも同《おな》じくらいの大《おお》きさ。

だけど、みんなの口《くち》ぶりじゃ、全然《ぜんぜん》ちがうものが入《はい》っているんだろうなぁ。

一体《いったい》、みんな、何《なに》を選《えら》んだんだろう？　私《わたし》のプレゼント、気《き》にいってもらえるかな？

ドキドキしてきちゃった。

「せーの、で開《あ》けよか」

二鳥《にとり》ちゃんの言葉《ことば》に、みんなうなずく。

「「「せーの」」」

それぞれのつつみが開《あ》けられて……。

「まあ……！」「ウソやん」「ええっ！」「これ……っ」

みんなはびっくり。

なんと、私《わたし》たち、おそろいのヘアピンを買《か》っていたの！

一花《いちか》ちゃんがもらったのは、ピンク色《いろ》の、桜《さくら》の形《かたち》をしたヘアピン。

二鳥《にとり》ちゃんがもらったのは、赤《あか》い、鳥《とり》の形《かたち》をしたヘアピン。

私《わたし》・三風《みふ》がもらったのは、水色《みずいろ》の、もこもこした形《かたち》のヘアピン。

四月《しづき》ちゃんがもらったのは、紫色《むらさきいろ》の、三日月《みかづき》の形《かたち》をしたヘアピン。

色《いろ》と形《かたち》はちがうけど、同《おな》じシリーズのものだ……！

みんな顔《かお》を見合《みあ》わせて、目《め》をぱちぱちさせて。

すぐには信《しん》じられなくて、言葉《ことば》もなくて。

最初《さいしょ》に口《くち》を開《ひら》いたのは、一花《いちか》ちゃん。

「ほら……スワロウテイルのモチーフって小鳥《ことり》じゃない？　二鳥《にとり》だって『鳥《とり》』だし、赤《あか》が好《す》き
……そんなこと考《かんが》えたら、これしかないかなって」

すると、二鳥《にとり》ちゃんも言《い》った。

「これ『髪《かみ》どめにもブローチにもできる！』って今話題《いまわだい》の『パステルふぇるとブローチピン』やろ？　三風《みふ》ちゃん、水色《みずいろ》好《す》きやし、このふわふわの形《かたち》、なんや三風《みふ》ちゃんっぽいなぁって思《おも》て」

四月《しづき》ちゃんも、ちょっぴり照《て》れくさそうにうつむいて。

「僕《ぼく》は、一花姉《いちかねえ》さんが洗《あら》い物《もの》とかするとき、前髪《まえがみ》をとめるのに役立《やくだ》つかな、と思《おも》って……ピンクのお花《はな》って、一花姉《いちかねえ》さんにぴったりだし、でも……はやってるなんて知《し》りませんでした」

わ、私《わたし》だって。

「私《わたし》もっ、四月《しづき》ちゃんは『月《つき》』だし、紫色《むらさきいろ》が好《す》きって言《い》ってたし……それに、女子中学生《じょしちゅうがくせい》の間《あいだ》で話題《わだい》って書《か》いてあったから、話《はなし》のきっかけになればいいなって……」

四月《しづき》ちゃんは、内気《うちき》な性格《せいかく》だから、まだ学校《がっこう》のクラスにうまくなじめていない。

だから、だれかとおしゃべりするときに「あ、そのヘアピン！」って、話《はなし》が弾《はず》んだらいいなっ

て思《おも》って、このヘアピンに決《き》めたんだ。

はやりのものを髪《かみ》につけるのがはずかしいなら、ブローチとして制服《せいふく》につけてもいいしね。

……四人《にん》とも、まったくちがうことを考《かんが》えてたのに、同《おな》じものを選《えら》んだんだ……。

あらためて、手《て》のひらの上《うえ》にあるヘアピンを見《み》たら、おかしくて、うれしくて。

「「「「ふふっ」」」」

私《わたし》たち、まったく同時《どうじ》にふきだした。

笑《わら》いだすのまでかぶったら、もっともっと楽《たの》しくなって、

「「「「あははははっ」」」」

って大笑《おおわら》い。

「みんなちがうけど、みんな同《おな》じだね！」

私《わたし》、笑《わら》いながらそう言《い》った。

バラバラに育《そだ》って、ここまでの道《みち》のりはちがう。

でも、今《いま》はこうしていっしょに笑《わら》ってる。

そんなことを思《おも》ったら……。

面白《おもしろ》いだけじゃなくて、なんだか、心《こころ》がじんわりあったかい。

私《わたし》たち、出会《であ》ってまだ一か月《げつ》もたってないけど、やっとめぐりあえた家族《かぞく》なんだもん。

これからも、もっと仲《なか》よくなっていけるよね。

「さっそくつけてみましょうよ」

「髪《かみ》はほどいた方《ほう》がええで。その方《ほう》がよう映《は》えるわ」

「あ、写真《しゃしん》とろうよ！」

「賛成《さんせい》です」

四人《にん》が髪《かみ》をほどくと、本当《ほんとう》にだれにも見分《みわ》けがつかないくらいそっくり。

耳《みみ》の上《うえ》におそろいのヘアピンをつけると、ようやく見分《みわ》けがつくようになる。

ピンク色《いろ》の、桜《さくら》の形《かたち》が一花《いちか》ちゃん。

赤《あか》い、鳥《とり》の形《かたち》が二鳥《にとり》ちゃん。

水色《みずいろ》の、もこもこした形《かたち》が私《わたし》・三風《みふ》。

紫色《むらさきいろ》の、三日月《みかづき》の形《かたち》が四月《しづき》ちゃん。

四《よ》つ子《ご》って面白《おもしろ》い！

今日《きょう》は最高《さいこう》の誕生日《たんじょうび》だ。

私《わたし》たち、セルフタイマーカメラのスマートフォンに向《む》かって、思《おも》いきりピースした。

本《ほん》編《へん》もよろしくね！

作家紹介

床丸迷人《とこまるまよと》

宮崎県在住。さそり座A型。「四年霊組こわいもの係」で第１回角川つばさ文庫小説賞一般部門大賞を受賞してデビュー。霊感はゼロ。高校時代に、見える人から「背後に2匹、カメの霊がついている」と言われ、かなりビビる。

大空《おおぞら》なつき

東京都在住。第5回角川つばさ文庫小説賞一般部門金賞を受賞し、『世界一クラブ　最強の小学生、あつまる！』でつばさ文庫デビュー。いちごと生クリームが大好物。

深海《ふかみ》ゆずは

東京都大田区在住。「こちらパーティー編集部っ！」で第2回角川つばさ文庫小説賞一般部門大賞を受賞し、作家デビュー。好きな言葉は「想像力より高く飛べる鳥はいない」「迷った時は前に出ろ」。

田原答《たはらこたえ》

長崎県在住。しし座のA型。「オバケがシツジの夏休み」で、第6回角川つばさ文庫小説賞一般部門金賞を受賞。ホラーもの全般が大の苦手。オバケも苦手。なのにオバケの話を書いている。人生ってふしぎ。

ひのひまり

おとめ座のO型。奈良県在住。2018年、「エスパー部へようこそ」で第6回角川つばさ文庫小説賞一般部門特別賞を受賞。『四つ子ぐらし①　ひみつの姉妹生活、スタート！』でデビュー。好きな食べ物はお肉料理。好きな色は緑。

浜弓場 双／絵
兵庫県出身の漫画家・イラストレーター。「こわいもの係」シリーズのイラストを担当。

明菜／絵
イラストレーター。「世界一クラブ」シリーズのイラストを担当。

加々見絵里／絵
大分県在住。著書に『それは色めく不協和音』『コラボ短し集えよ乙女』など。

渡辺ナベシ／絵
北海道生まれのイラストレーター。バイクで温泉に行くのが好き。

佐倉おりこ／絵
イラストレーター。児童書籍、技法書など、ジャンルを問わず幅広く活躍中。

角川《かどかわ》つばさ文庫《ぶんこ》　Aん3-7

おもしろい話《はなし》、集《あつ》めました。Ⓔ《エメラルド》

作《さく》　床丸迷人《とこまるまよと》・大空《おおぞら》なつき・深海《ふかみ》ゆずは・田原《たはら》 答《こたえ》・ひのひまり
絵《え》　浜弓場《はまゆみば》 双《そう》・明菜《あきな》・加々見絵里《かがみえり》・渡辺《わたなべ》ナベシ・佐倉《さくら》おりこ

2018年11月15日　初版発行

発行者　郡司 聡
発　行　株式会社KADOKAWA
〒102-8177　東京都千代田区富士見 2-13-3
電話　0570-002-301(ナビダイヤル)
印　刷　大日本印刷株式会社
製　本　大日本印刷株式会社
装　丁　ムシカゴグラフィクス

ISBN978-4-04-631846-6　C8293　N.D.C.913　214p　18cm

読者のみなさまからのお便りをお待ちしています。下のあて先まで送ってね。
いただいたお便りは、編集部から著者へおわたしいたします。
〒102-8078　東京都千代田区富士見 1-8-19　角川つばさ文庫編集部

第《だい》5回《かい》
角川《かどかわ》つばさ文庫《ぶんこ》
小説賞《しょうせつしょう》
金《きん》賞《しょう》受《じゅ》賞《しょう》作《さく》!
世《せ》界《かい》一《いち》クラブ
最強《さいきょう》の小学生《しょうがくせい》、あつまる!
大空《おおぞら》なつき・作　明菜《あきな》・絵
笑《わら》いと友情《ゆうじょう》、事件《じけん》いっぱいの
学校生活《がっこうせいかつ》!
世界一《せかいいち》の
天才少年《てんさいしょうねん》
世界一《せかいいち》の
柔道少女《じゅうどうしょうじょ》
忍《しの》びと
知《し》られては
いけない!
3時間《じかん》ごとに
眠《ねむ》ってしまう!?
だれでも、
投《な》げとばす!?
世界一《せかいいち》の
忍《しの》び?
世界一《せかいいち》の
エンター
テイナー
世界一《せかいいち》の
美少女《びしょうじょ》
人前《ひとまえ》に出《で》る
のが苦手《にがて》!
世界一《せかいいち》の
ドジ!?

第2回《かい》角川《かどかわ》つばさ文庫《ぶんこ》小説賞《しょうせつしょう》
一般部門《いっぱんぶもん》【大賞《たいしょう》】受賞作《じゅしょうさく》
毎ゆずは・作
木りか・絵
こちら
パーティー
編《へん》集《しゅう》部《ぶ》っ！
白石《しらいし》ゆの、ムダに元気《げんき》な中《ちゅう》1女子《じょし》！
ベンキョーも運動《うんどう》も×《ペケ》だけど
編集長《へんしゅうちょう》やっちゃいます!!!
YUNO
こちら パーティー 編集部っ！ ①ひよっこ編集長とイジワル王子
雑誌《ざっし》を作《つく》っている部《ぶ》長《ちょう》さん!! よっぽどすばらしい頭脳《ずのう》の持《も》ち主《ぬし》なんでしょうね!!
おとなりの三ツ星《みぼし》学園《がくえん》が舞台《ぶたい》みたいですね
「スイッチ！」主人公《しゅじんこう》 まつり
……
和月《わつき》
『パーティー』って雑誌《ざっし》を作《つく》っている編集部《へんしゅうぶ》の部長《ぶちょう》さんが、白石《しらいし》ゆのちゃんだよ

キュンキュンできて
笑《わら》えちゃう!!
『こちらパーティー編集部《へんしゅうぶ》っ!』シリーズの
深海《ふかみ》先生《せんせい》がおくる新《しん》シリーズ
スイッチ!
日々野《ひびの》まつ
12才《さい》の中学《ちゅうがく》
1年生《ねんせい》。女《おんな》の
子《こ》が大好《だいす》き。
小笠原和月《おがさわらわつき》
みんなを仕切《しき》れるタイプ。
でも怒《おこ》らせると怖《こわ》い。
藤原《ふじわら》レン
無口《むくち》で無愛想《ぶあいそう》だけ
イケメンの御曹司《おんぞうし》。
谷口翼《たにぐちつばさ》
クールな美少年《びしょうねん》。でも、この
性格《せいかく》はテレビだけの演技《えんぎ》らしい。
男子《だんし》のことが大《だい》っ嫌《きら》い!! でも、イケメン
アイドルのマネージャーになっちゃった!?
トンデモ展開《てんかい》の学園《がくえん》ラブコメ!!
スイッチ!

絶《ぜっ》対《たい》におもしろい！
角《かど》川《かわ》つばさ小《しょう》説《せつ》賞《しょう》の本《ほん》
第《だい》6回《かい》
金《きん》賞《しょう》
受《じゅ》賞《しょう》作《さく》
オバケがシツジの夏《なつ》休《やす》み
作／田《た》原《はら》 答《こたえ》
絵／渡《わた》辺《なべ》ナベシ
涼《りょう》が、バァちゃんちの裏《うら》山《やま》で出《で》会《あ》った、空《そら》飛《と》ぶ「でっかい米《こめ》つぶ」みたいなオバケ。じつは涼《りょう》の家《いえ》は、代《だい》々《だい》「オバケを視《み》る力《ちから》で世《せ》界《かい》を守《まも》ってる」能《のう》力《りょく》者《しゃ》の一《いち》族《ぞく》なんだって！ えっ、なんかソレ、カッコいい…!!
でも、オバケのシツジ（執事）のせいで、
涼《りょう》の夏《なつ》休《やす》みは大《たい》変《へん》なことに！
角川つばさ文庫